うたの歳時記

季節を暮らす

日高堯子

砂子屋書房

ことばの歳時記《さいじき》

日高淡子

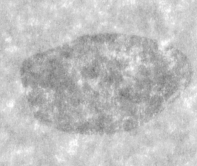

うたの歳時記——季節を暮らす　＊目次

装本・倉本　修

うたの歳時記——季節を暮らす

大ぶりの椀にたつぷり雑煮して謹賀新年ひとり正月

『あさげゆふげ』馬場あき子

「たつぷり」の雑煮を「ひとり」で食べるという光景に、こちらの姿勢もしゃっきりと正される一首である。三が日に食べる雑煮は、地域や家庭によって味はさまざま。餅も四角であったり丸であったり。具は大根、人参、茸、青菜や、鶏肉、鰤、牡蠣など土地の産物を入れ、さらには餡餅を入れる地方もある。雑煮は年明け初めての若水と初めての火をもって炊き、前年の収穫への感謝と今年の豊作を願って神とともに食べるハレの食べ物であった。この歌の「大ぶりの椀」や「たつぷり」には、食材や、量の多さのみではなく、そのような農耕社会の伝統や文化も含まれているだろう。その豊穣さを「ひとり正月」で迎える姿に、きりりとした空気がただよう。あらためて「あさげゆふげ」の時間がいとしくなる。二〇一八年刊。

2024/1/1

歳あけてまづ読む書《ふみ》にほのぼのとうましあしかびひこぢの神あり

『べしみ』一ノ関忠人

うましあしかびひこぢの神とは、『古事記』には宇摩志阿斯夏訶備比古遅神と記されている天地創造神の一人。国がまだ稚く、浮かんだ脂のようにして「くらげなすただよへる時」に、「葦牙のごと萌え騰る物に因りて成りませる神」であるという。作者は年の初めにこの神に出会っている。「ほのぼのと」という言葉を誘ったのは、この神が浮遊するものの中から成ったからか、あるいは葦牙＝葦の芽という植物から生まれたことによるのだろう。「ほのぼのと」に続くひらがな書きの呪文のような名の神が、生まれたての気配をただよわせて初々しい。それを読み初めの儀式に重ねることで、渾沌の中から新年がやわらかく明けてくる。二〇〇一年刊。

2024/1/3

正月も胡瓜出まはる世になりて胡瓜の和布和《わかめあへ》の旨しも

『水の自画像』高野公彦

ビニルフィルムを使った簡易温室で野菜や花、果物を栽培するようになったのは、一九五三、四年頃からである。気候に左右されず、害虫被害も少なく、一年中安定して野菜や花が生産でき、果物は早期に収穫できるところから、あっという間に国中に広まった。胡瓜やトマトはいまスーパーに一年中並んでいる。その冬の胡瓜で和布和を作っている。昔は考えられないことだが、それを作者は「正月も出まはる世」と記し、「旨し」と言う。言葉はさりげないが、歌の背後には含蓄がひそむ。歌集には「なめろうをこよひ食べたくまな板の鰯叩けば板木霊する」など、一人暮らしの作者がこしらえる肴が次々とあらわれる。日々の暮らし中に異質な「木霊」を差し入れて、日常の陰翳を深めるのである。二〇二一年刊。

2024/1/5

ひとり酌む新年の酒みづからに御慶《ぎょけい》を申す（すこしは休め）

『神の仕事場』岡井　隆

「新年の酒」といえば、あらたまの年を迎えて五穀豊穣や健康長寿を祈念するというのが通り相場だろう。かつては神社に参って、お神酒を授かるという習わしがあった。その場でいただく場合もあれば、瓶子や盃を持ち帰る場合もあった。それを「宮笥《みやけ》」と呼び、やがて「土産」の語源になったという（神崎宣武）。宴会などで使われる「お流れちょうだい」という言葉も、神が口をつけ給うた酒をいただくところからきているともいう。酒が神に供され、人は神とともに酒を酌む。神人共食の儀式の形はわずかに屠蘇や祝箸に名残りをとどめているだろうか。

だが、神から遠く離れた今日のわたしたちは、正月の酒を「ひとり酌む」ことになり、「みづからに御慶を申す」ことになった。「神の仕事場」という歌集名から、わたしの想像はどんどん遠くへさかのぼる。この一首、（すこしは休め）という内言がやさしくひびき、意外に深い時空をはらんでいる歌のようだ。一九九四年刊。　2024/1/8

光漏る方へ這ひゆくひとつぶの命を見つむ闇の端より

『ひかりの針がうたふ』黒瀬珂瀾

幼子がいる。まだ歩けない幼子が、光の漏れてくる方へ懸命に這っていく。それを「闇の端より」見つめている者がいる。生れ出た命は、それが目指す希望のように、明るい方へ、明るい方へと這っていく。「ひとつぶの命」の不思議さを、驚きと感動をもって見つめているのは、若い父であろう。光と闇とによって、この世にあらわれた生命を、そして父と子を映し出す神話のような構図がここにある。とすれば、「闇の端より」見つめている眼とは、あるいは神に近い眼ともいえようか。

「言葉を五つ児が覚えたるさみしさを沖の真闇へ流して帰る」。はじめに言葉ありき。どんな言葉を覚えたかは不明ながら、それは児の独立のしるし。生れた児を通して、人間と世界の関係の原初を見つめる父の姿がここにもある。二〇二一年刊。　2024/1/10

ほのかなる新桑繭《にひくわまゆ》の背綿《せわた》着て老いとは何ぞ年改まる

『渾沌の鬱』馬場あき子

新桑繭とは今年の蚕の繭のこと。その繭から生糸を取り、真綿にして防寒の衣類にした。絹綿なので軽くて温かいのである。近頃は養蚕の作業を間近に見ることがほとんどなくなったが、人の手で育てられた蚕はやがて繭籠り、蛹となる。その繭から糸を紡ぐのだから、むろん繭のなかの蛹は死ぬ。「新桑繭の背綿」の「ほのかなる」温かさは、数えきれない蚕の命とひきかえであるといっていい。

蝶になることのなかった蚕の一度きりの短い命と、いくたびか季節を繰り返す人間の歳月。作者はそのようなことを思いつつ「老いとは何ぞ」とつぶやいている。結句の「年改まる」という嘆息は深い。それゆえ、蚕のたった一度の春をいただいた背綿はいっそう温かく、老いの身の春を包んだであろう。二〇一六年刊。

2024/1/12

ホームページ・ミクシィ・ツイッター・ズームなど渡り来し我は歌人《うたびと》である

『蜘蛛の歌』奥村晃作

ホームページ、ミクシィ、ツイッター、ズームと、ネット社会ならではの現代コミュニケーション術を使ってきた作者。「渡り来し」とあるので、多少勢い込んでそれらを駆使して来たという気分があるのだろう。八十代後半の作者である。そして最後に「我は歌人である」と宣言を置く。では「歌人」とは何か。

新しい言葉が世界を駆けめぐり、瞬く間に自分の水際まで押し寄せる。いったいどれほどの言葉が一年のうちに生まれ、滅びるのか。そうした新来の言葉と、それを伝える情報技術の氾濫のなかで、歌人はどういう言葉を紡いでいこうとするのか。歌人とは、いわば、文体を持つ言葉の達人である。スマートフォンのなかを流れる歌との重量の違いもそこにあるだろう。それにしても「蜘蛛の歌」という歌集名はなかなか意味深い。自らの歌言葉がネット社会のなかで、あたかも蜘蛛の糸のように絡めとられる危機の表明でもあろうか。二〇二三年刊。

2024/1/15

衰弱と睦みゐたるは甘美なりわれが風邪《ふうじや》の癒えなむとして

『百乳文』森岡貞香

風邪をひき臥せっている。「癒えなむとして」とあるが、まだ病床の中だ。作者は体熱や汗をまとった身体のほの甘い匂いの中で、身体の衰弱とともに安寧のようなものがあることに気づいている。「衰弱と睦みゐたるは甘美なり」とはそういうことだろう。その双方からくる倦怠感が、「甘美なり」という言葉に顕著にあらわれ、一首にはなにか奇妙な充実した感じさえある。病気の中においても、いや、病中であるからこそ、自身の肉体的な自然に鋭敏になり、その感覚を手放さずに言葉にする。強い自己意識といえるだろう。

歌集名の「百乳文」は、中国の古代青銅展で見た殷前期の大方鼎にしるされていた数多の乳首の文様であるというが、「百乳文」という言葉にもより引きつけられたと「後記」にある。その影響かどうか、歌集には肉体にかかわる歌が多い。「ゆめ覚めのはじめに見えつうつせみはちひさき凹凸よりあへるもの」「へや満たす雨音のなかぐつたりとして運動ををはる寂しく」。一九九一年刊。

2024/1/17

冷えわたる夜の澄みわたるかなたよりもうすぐ天《てん》の雪麻呂《ゆきまろ》が来る

『雪麻呂』 小島ゆかり

冷えわたった夜空の澄みわたった彼方から、雪の気配がする。雪を「天の雪麻呂」と呼び、生きもののように「来る」と歌ったところから、一首はにわかに物語の性質を帯びてくる。「雪麻呂」という名に、あの三好達治の「太郎を眠らせ、太郎の屋根に雪ふりつむ。次郎を眠らせ、次郎の屋根に雪ふりつむ。」の詩が思いうかぶが、この「太郎、次郎」に比べると、「雪麻呂」という名はもう少し古語の響きをもっているようだ。「屋根」と「天」の違いもそこにあろう。

麻呂は、古代では人麻呂、翁麻呂など〈私〉を指す人称代名詞としてつかわれた。それを「雪」にかぶせてつかえば、自然がたちまち人称化して物語めくのは、むしろ当然のことである。そこでもう一度ふり返ってみれば、この一首は、冷えた夜に身体を温めてくれる麻呂を、はるか彼方の麻呂を、待つ女の物語が見えてくる。「雪麻呂を待ちつつこよひあかあかとわれは椿の媼となりぬ」。二〇二二年刊。

2024/1/19

雪のうへに空がうつりてうす青しわがかなしみぞしづかに燃ゆなる

『生くる日に』前田夕暮

地上に降りつもった新雪に空が映っている。そのうす青い鮮烈な光景が、若い感受性をきりきりと絞り、内なる「かなしみ」を燃え立たせたのだろう。この一首の下句はいろいろに改作され、最後に「わが悲しみはしづかにぞ燃ゆ」となったという。しらべを意識したのであろう。夕暮の代表歌の一つである。

「雪のうえに空がうつりてうす青し」という光景は、一度私の心象に焼きついてから、忘るることのできぬものとなった。私は三十歳にして初めて自然に対する驚きを自分に見出だした（『素描』）」と、夕暮は語っている。この歌はしごく単純な姿をしている。単純なゆえに忘れがたい。雪の上に空が映ったうす青い光景をそのまま自身の内面の景色として、その他のことは何もいらない――「初めて自然に対する驚きを自分に見出だした」とはそういうことであろう。この時夕暮は三十歳、精神の自立の時である。夕暮は若山牧水と並べられ、比翼歌人、自然主義風歌人と称された。浪漫性ということでは共通している。一九二八年刊。

2024/1/22

この町に雪は降りだす少年の描きさしの魔方陣に呼ばれて

『うすがみの銀河』鈴木加成太

雪という自然現象は、なにか荘厳さや郷愁や、異世界のようなものを誰の心にも感じさせるのではないだろうか。この歌では雪は「魔方陣に呼ばれて」降ってくるという。

「魔方陣」と聞くと、わたしがまず思い出すのは水木しげるの漫画「悪魔くん」に出て来る魔方陣である。地上に大きく不思議な図形と文字を描き、エロイム　エッサイムと唱えながらその周りを廻って、見えない世界から魔力を呼び出すのだ。この歌の「少年」も、そんな空想を楽しんだのではないだろうか。「少年」が地面に「描きさし」た「魔方陣」に応えるように雪が降り出す。そんな「町」がわたしにはひどく懐かしい。古来から幾たびも歌われてきた「雪」という自然現象は、この歌の「少年の描きさしの魔方陣」という言葉によって、さらに新たな異世界へと誘っている。二〇二二年刊。

2024/1/24

しんしんと雪《ゆき》ふるなかにたたずめる馬《うま》の眼《まなこ》はまたたきにけり

『あらたま』斎藤茂吉

斎藤茂吉に馬の歌は数多いが、これは第二歌集『あらたま』の「大正三年」の中に置かれた一首。しんしんと降る雪の中に佇んでいるこの馬は、前後の歌から見ると東京の街中で見る馬である。おそらく店先につながれて主人の用がすむまでじっと待っているのだろう。しきりに降る雪が馬の長い睫毛に積り、馬はいくたびも眼をまたたく。雪の降る中での馬の眼のクローズアップは、すぐれて映像的だ。いや、映像的な鮮やかさばかりでなく、それを見つめる人の眼にもあたたかい体温が通う。茂吉の生ける馬への愛といつくしみが生み出した雪景色である。

大正三年のこの頃は、都市でもまだ馬が労働力として使われていたであろう。茂吉の歌の景色にはそのような動物が暮らしの中に生きて動いている。つまり、生き物の気配や息づきがつねに内在されているのだ。それを、生存を見つめる眼と言いかえてもいいのだろう。一九二一年刊。

2024/1/26

牛馬《うしうま》とともにありたる生活より百年経《へ》たり　人こころ病む

『サーベルと燕』小池　光

敗戦の年に生まれた私でも、牛馬が暮らしの中にいた記憶はない。つまり農耕馬ということだが、これには地域差があるのかもしれない。我が家には馬小屋が残っていたが、牛馬はもういなかった。近所の田んぼに牛が働いていたことがあったかもしれないが、それも戦後数年間のこと。では日本の農村から牛馬が全くいなくなったのはいつ頃なのだろう。この歌ではそれから「百年」とある。そしてそれ以後「人こころ病む」と言う。この言葉は、おそらく、近代化と人の心の問題としてあるのだろう。

牛馬から切り離された現在、代わりに人は犬や猫を飼っている。番犬や猟犬としてでなく、また鼠を捕らせるための猫というのでもなく、まったくのペットとしてである。そして、食べさせ、排泄させ、体を洗い、服を着せ、散歩させ、愛玩する。現代人の心の病がそこに潜んでいる、と言うのだろうか。そんなことを思っていると、歌集の中のこんな一首に目が止まる。「高層マンションがふるさとである青年がつくりし歌をいかに読むべき」。さて「ふるさと」とは何なのであろう。二〇二一年刊。

2024/1/29

シクラメン隣室に置きものを書くすこし寂しく花を思ひて

『レクエルド』岩田　正

冬の代表的な鉢花であるシクラメンは、そのあでやかさと長く咲きつづけることから愛され、また花の贈り物としても重宝にやり取りされる。近頃は地植えのものもあるが、この歌では「隣室に置き」とあるので鉢植えの花だ。作者は「ものを書き」ながら、しばしば花のことが気にかかっている。寂しいのは「隣室」に離れているからだろう。「すこし寂しく花を思ひて」という言葉が、なにやら意味ありげにも見える。

とすれば、このシクラメンはおそらく若い女性の化身であろう。「隣室」という近くに居ながらたやすく近づくことは出来ない。そこに永遠に近い距離を感じているのは、作者が「もの書き」ゆえか、老年ゆえか。「すこし寂しく花を思ひて」という言葉の「すこし寂しく」が絶妙な陰翳を含んでいる。シクラメンの鉢植えが女性からの贈り物だとすれば、なおさらのことだ。洒落た老年の恋歌である。一九九五年刊。2024/1/31

となりにてざらりざらりと節分の鬼やらひ豆を炙る鍋の音

『鷺・鵜』太田水穂

隣の部屋で節分の豆を炙る音がしている。今はスーパーマーケットでたやすく買える節分の煎り豆だが、以前は家々で大豆を煎ったものだった。この歌に目が止まった時、火鉢の上で豆を煎っている音や匂いがふと蘇った。鍋でころがしながら煎るので大きな音がするのだ。まさしく「ざらりざらり」である。この耳障りな言葉の質感が、「鬼やらひ」というより「鬼」そのものを呼び起こすような気配があって面白い。『鷺・鵜』の出版は昭和八年。この頃は家という観念もしっかりとあり、家族の人数も多く、節季ごとの行事も暮らしに根づいていただろう。節分の豆は一家の男が撒くものであった。豆撒きが終われば立春。「ざらりざらり」は春の近づく音でもある。一九三三年刊。

2024/2/2

爪飛ばし切るとき昼の鬼《もの》のこゑもののけの音こぞりて来る

『奈良彦』櫟原　聰

「鬼」という字を「もの」と読ませている。歌の中にはまた「もののけ」もいる。「鬼」の「こゑ」に対して「もののけ」は「音」と記されているが、大きな違いはなさそうだ。

昼間、プツン、プツンと「爪」を切っている。足の爪などは意外に大きな音を立てるものだ。切り取った爪がどこかへ弾け飛んだ。その行方を目で追い、耳を澄ませていると、なにやら「鬼《もの》のこゑ」が聞こえ、さらにそれが「もののけ」の音へと増幅して「こぞりて来る」ように感じたという。切り取った爪はもはや作者の身体を離れて「もの」と化したのかもしれない。ともあれ作者の棲んでいる大和は、古くから鬼やらもののけやらが棲みついている土地である。それらと共棲している日常感がさりげなく歌われていて面白い。古きもののけの気配を古きことばとともに詠む歌人である。二〇二二年刊。

2024/2/5

冬虹の弧はふかきかな夫在らぬ空間ふいにあらはとなれり

『野菜涅槃図』春日真木子

冬の空に虹がたった。空がよく晴れているので虹の「弧」が鮮明に見える。見上げながら作者は「弧はふかきかな」と嘆息する。息づきの深さが二句切れの表現を呼んだことは明らかだ。そしてその時同時に、「夫在らぬ空間」が突然あらわになったという。「冬虹の弧」がもたらした喪失の空間である。

「野菜涅槃図」という歌集名には、江戸時代中期の画家伊藤若冲の「果蔬涅槃図」が思われているのであろう。釈迦の入滅を野菜と果物が囲んでいるあの涅槃図である。この一首の「空間」という言葉の意味も、この涅槃図を思い起こせば明らかになってくる。作者は冬虹の景色に夫の亡き空間を重ね見た。その時「弧」は「孤」に重なり、自分自身の「孤」を、生きるという孤独を、鮮烈に感じとったのであろう。この歌のすぐ後に〈虹消えてふたたびひろき空のもとありありとわれのうしなひしもの〉の一首がある。一九九五年刊。

2024/2/7

モーツァルト四十番を聞きながらうつむくひとであったよ父は

『土の色　草の色』飯沼鮎子

モーツァルトの交響曲四十番を聞く在りし日の父の、「うつむく」姿を作者は呼び起こしている。家族や肉親などという関係、とりわけ父と娘の関係は、心を直に語り合ったりしないことが多い。そうしたなかで「うつむくひとであった」父を、「モーツァルト四十番を聞く」人としてとらえることで、父への理解の通路を開いたという歌である。

モーツァルトの交響曲四十番ト短調の透徹した旋律の悲哀感を、記憶している人も多いだろう。その中にはまた小林秀雄の『モーツァルト』を読んだ人も多いことだろう。終戦の翌年に書かれた小林の『モーツァルト』に、音楽批評家の吉田秀和は衝撃を受けたと告白している。この吉田と作者の父はほぼ同世代。吉田によると、音楽を書くこと、音楽を言葉に換えることはできないという。おそらく一首の中の父と娘の関係もまた言葉少なく、しかし音楽によって言葉以上の何かを通い合わせていた。そういう思いが深い旋律となって作者の中に蘇っている。二〇一九年刊。

2024/2/9

われはいま静かなる沼きさらぎの星のひかりを吉野へひきて

『野生の聲』前登志夫

前登志夫の辞世の歌である。亡くなったのは二〇〇八年四月五日。その一月ほど前の病床での歌である。自身の身体を「静かなる沼」と感じている。もはや動きのない水ということだろう。しかしその水には、天上の星々が消えゆく地上の生命を誘うように降り注ぐという。「きさらぎの星」はことさら澄んだ冬の光であるだろう。「ああ、終わる」と自らを思いつつ、「星のひかり」を感じた作者の意識は、最後にまた「吉野」へ飛んで行ったようだ。深い縁につながれた「吉野」へ。

これは、あたかも自身の涅槃図を描いたような辞世の歌といえばいいだろうか。見えてくるのは、一人の生の痕跡を消し去った、自然現象のような滅びのかたちである。歌人の面影や記憶が消え去った静かな空に、吉野をめざす「きさらぎの星」の光の軌跡が見えるのみである。二〇〇九年刊の遺歌集。

2024/2/12

燃ゆるもの我は持たねば横目して過ぎてゆきたるジュリアン・ソレル

『ひたくれなゐ』齋藤　史

都会の街中を行きつつ、わたしの中にしばしばこの歌が蘇るのは、自分自身が老いた証拠であろう。「ジュリアン・ソレル」は十九世紀のフランスの作家、スタンダールの『赤と黒』の主人公。美貌の青年である。その彼を思わせるような美しい青年に出会って、作者は思わずはっとしたのだろう。だが彼の方は、ただ「横目して」通り過ぎて行ったという。そのとき自身の老いの姿を、しみじみと、少し可笑しく確認させられたのだろう。外面の老いのみでなく、「燃ゆるもの我は持たねば」と、内面の火の弱さも自認しているようだ。

しかしこの歌はそれだけでは終わらない。作者の目は、冬ざれの街で一瞬美しい青年とすれ違ったというロマンにとどまらずに、いわば目で姦淫しているのだ。「燃ゆるもの」を内に見つめていっこうに死なない目を、自らに確認した歌である。一九七六年刊。

2024/2/14

お軽、小春、お初、お半と呼んでみる　ちひさいちひさい顔の白梅《しらうめ》

『滝と流星』米川千嘉子

梅は日本の歌にもっとも古く詠まれた花。古典の中では桜より梅の方が先に登場することもよく知られている。いわば古雅の趣のある花を、この歌では近世の女たちの顔に見立てている。お軽、小春、お初、お半は、みな江戸時代の芝居や浄瑠璃になった女たちの名だ。当時実際に生きていた女たちがモデルであるとも言われる。だからこそ物語や語りとして人々の心に永く、濃く生き続けているのだろう。

梅の花の顔はたしかに小さい。そしてぽつぽつと咲く。だがまだ寒さの残る空に濃い香を放ち、凛として人を引きつける。作者の口に思わず女たちの名前が出たのは、梅の花の小さい顔に女たちの短い可憐な人生が重なったからか。しかしいずれも恋に燃えた女たちではある。「ちひさいちひさい顔の白梅」という思い深い言葉は、女たちの運命をいとしむ声を響かせて忘れがたい。二〇〇四年刊。

2024/2/16

我が植えし梅の木なれど我よりも先に老いたるごとく立ちおり

『いま二センチ』永田　紅

樹木はいったいに人間より永く生きるが、梅の木の寿命はどのくらいなのだろう。苗木を植えた梅が作者の歳月を追い抜いて、すでに「老いたるごと」き風情をしているという。たしかに梅の木の樹皮は黒褐色にごつごつしているので、「老い」の姿は見やすい。しかもそれが「我が植えし梅の木」なので、古木のような風情がいよいよ気にかかるのである。

早春に、葉に先だって開く梅の花は香気が高く、平安時代にはその香が愛され、また人の歳月を花に重ねるようにして多く詠まれた。この一首も、梅の木と自身の歳月を並べるという形では同じであるが、そこに花も香も歌われていないことが新鮮に感じられる。この歌の後には〈手遊びに五つの円を描きたれば梅のかたちになりて華やぐ〉とあり、ここにも伝統的な梅の情緒とは別の、「手遊び」という日常の中の「梅のかたち」が新しい。二〇二三年刊。

2024/2/19

みつまたの花は咲きしか。静かなるゆふべに出で丶　処女らは見よ

『倭をぐな以後』釈　沼空

みつまたの花はもう咲いただろうか、処女らよ出てきて見てごらんと呼び掛けている。早春、葉にさきがけて咲くみつまたの花は、黄色の匂いのある小花を房状につける。清楚な、つつましい雰囲気の花だ。この花に沼空は日本の処女を重ね見ているのだろう。一首の澄んだひびきが心に沁みとおる。

敗戦後につくられたこの歌には、滅びた国の行く末を託すような処女への祈りと憧憬が流れている。「静かなるゆふべ」という言葉にも、新しい時空のはじまりが密かに告げられているだろう。この歌の一連には〈戦ひのやぶれし日より　日の本の大倭《やまと》の恋は　ほろびたるらし〉、〈銀座よりわかれ来にけり。一日よき友なりしかな。はろけき処女〉などという歌がつづいている。生涯娶ることのなかった沼空であるが、それゆえにこそ「はろけき処女」への憧憬は、終生変わらぬものであったようだ。そして同時に、「日の本の大倭の恋は　ほろびたるらし」と、その喪失感もはっきり示されている。一九五三年作。

2024/2/21

けはひなく降る春の雨　寂しみて神は地球に鯨を飼へり

『Dance with the invisibles』睦月　都

「けはひなく降る春の雨」は霧のような春の糠雨のことであろう。古くから歌われてきた春雨の情感を呼び起こしながら、二句までのしらべの良さがまず心を酔わせる。だが、それから後は、三句の「寂しみて」を挟んで大きく変わる。情感が人から「神」のものに変わるように、「寂しみて神は地球に鯨を飼へり」と鮮やかに転回するのである。いかにも日本的な情感をもつ春の雨の景色を、「地球」規模にまで広げて、はるばると胸のすく時空を伝えてくる。この切り返しの大きさこそ、作者の詩質の特徴なのだろう。あるいは、「寂しみて神は」という言葉には、神は地球に人間がいるだけでは足りずに鯨を飼うことにした、という鋭い批評が隠されているのだろうか。同じ哺乳類でありながら、人間は鯨を捕って食べる生き物である。二〇二三年刊。

2024/2/23

草萌えろ、木の芽も萌えろ、すんすんと春あけぼのの摩羅のさやけさ

『樹下集』前登志夫

「草萌えろ、木の芽も萌えろ」と草木に呼びかけ囃し立て、春が来た喜びを歌う。つづく「すんすんと」というオノマトペも子供の言葉のように素直な響きだ。そこから湧き上がってくるのは、たとえば『万葉集』の東歌のような大らかな声の響きといってもいいだろう。それに連なって、「摩羅のさやけさ」も同じように古代的ないのちの輝きを帯びてくる。作者ひとりをこえたいのちへの謳歌が聞こえてくるのである。

この一首の独創的なところは、まぎれなく、「すんすんと」と「摩羅のさやけさ」の間に挟んだ「春のあけぼの」という和歌的な一句だろう。「春のあけぼの」がもつ伝統的な優雅な言葉を転倒させせて、結句で野生のエネルギーの芬々とした世界を一挙に引き寄せる。そうして「春あけぼの」に、いのちと神秘をたずさえた表情を蘇らせるのである。一九八七年刊。

2024/2/26

方言をよく喋《しやべ》るよと大和野《やまとの》の天に鳴く雲雀を指さしたまふ

『白木黒木』前川佐美雄

鳥の声にも「方言」はある、という。面白い歌である。「指さしたまふ」の主は、伊藤一彦の解説（『鑑賞・現代短歌　前川佐美雄』）によると『鳥の歌の科学』を書かれた川村博士であるという。前川佐美雄の雲雀の歌といえば、「火の如くなりてわが行く枯野原二月の雲雀身ぬちに入れぬ（『捜神』）」という懐に火を抱いたような歌もあるが、ここにあげた雲雀は、声も長閑かな、いかにも春の大和野のものだ。その土地の長閑さが、「天に鳴く雲雀」にも「方言」があると思わせるのだろうか。

正岡子規の『水戸紀行』の中に「鶯の声になまりはなかりけり」という一句がある。利根川べりの取手辺りの住人の、「鼻にかゝる」訛りを耳にして作った句だが、子規はそこで頼山陽の詩に、「鶯の声訛らず」という一節があったことを思い出している。野と川の違いはあるが、人の暮らしの長閑さを鳥の声に重ねて詠むことは古くからあったのである。一九七一年刊。

2024/2/29

弥生三日雛の流るる見にゆくときみもさびしきひとりなるべし

『雪の座』辺見じゅん

流し雛は三月三日の夕方、紙や草木でつくった人形《ひとかた》を川や海に流す神送りの行事である。いまは子どもの災厄を人形に託して流し、祓い浄めて、子どもの無病息災を祈る行事となっているようだ。起源の古い民俗の心を「見にゆく」という「きみ」も、そこでおそらく雛を流しているのだろう、と作者は思いを馳せている。「きみ」との心のつながりの深さが、「きみもさびしきひとりなるべし」というひらがな書きの言葉の中に、やわらかな抒情となって流露している。

人の穢れを一身にまとって流れる雛は、人の淋しさ、いのちの淋しさを呼び覚ます。流し雛の行方へまなざしを誘うように、読む者に深い余韻を残す一首である。辺見じゅんは本名角川真弓。角川源義の長女であり、民話研究家としても知られる。一九七六年刊。

2024/3/1

てんたうむしさんおきてーと薄明の小さなる死へ児は呼びかけつ

『ひかりの針がうたふ』黒瀬珂瀾

太陽暦の三月五日、あるいは六日は啓蟄の日。冬ごもりの虫が這い出る頃とされている。この歌のてんとう虫は地上に早く出て来すぎて死んでしまったのか。動かないその虫に向かって「てんたうむしさんおきてー」と呼びかけている幼子の声がなんとも愛らしい。まだ死を知らない子の声をそのまま生かすなど、切り取った情景も鮮やかである。

おそらく、この子も、やがて「薄明の小さなる死」を知ることだろう。いのちの仕組みやその哀しみとともに、と父は思う。〈もはやわが生み得ぬ歓喜ここにあり出汁巻き卵に児は歌ひ出す〉幼子のいたいけな声を通して、作者である父の生命への哀しみが伝わってくる歌である。二〇二一年刊。

2024/3/4

人の肉に酸味ありとぞ折り貯むる蕨やはらかにわが思ふこと

『高谷』　石川不二子

早春の野に蕨を摘みながら「人の肉に酸味ありとぞ」と思っている。不気味な歌なので覚えている。作者もおそらく「酸味あり」という言葉が記憶から消えなかったのだろう。しかし何ゆえに「蕨」と人肉嗜食＝カニヴァリズムが結びつくのか。

蕨は羊歯の若芽だが、春先の太くやわらかいものを茹でて食用にする。山里では山菜摘みも楽しい春の行事であろう。穂先がまだ開かない人の拳のような蕨は、摘むとすぐ折れて匂いのある粘った汁を出す。そんなところから、人肉を食うカニヴァリズムを思ったのだろうか。〈山中に一人蕨を折りながら人肉嗜食を思ふなにゆゑ〉という歌も次にある。「山中に一人」生きる時の飢えの感覚があるとでも言おうか、そんな野生的感性がこの作者の歌にはある。二〇〇〇年刊。

2024/3/6

エルニーニョのりもの酔いの語感あり神のゆめみるはるかなる沖

『泡宇宙の蛙』渡辺松男

二〇二三年は記録的な暑熱の年であった。とくに夏の長期にわたる暑さは、二酸化炭素ガスの排出による地球温暖化と、エルニーニョ現象とが重なった危機的異常気象を思わせた。

エルニーニョ現象は、南米ペルー沖の海面水温が二、三月頃に高くなることによって起こるという。この歌ではまずその名の不思議な語感に着目し、それを「のりもの酔い」というわかりやすい言葉に置き換えてみせた。そのうえでさらに「はるかなる沖」で「神のゆめみる」現象ととらえ直す。たしかに人知の及ばない気象現象は「神」の仕業と思うしかないが、「のりもの酔い」から壮大な「神」の時空への転調が鮮やかだ。もちろん、この「神のゆめみるはるかなる沖」という言葉にも、なにか眩暈を誘うような音感があることが面白い。一九九九年刊。

2024/3/8

風落ちたやうなしづけさ　大きなる鳴子のこけしが横たはるのみ

『晴れ・風あり』花山多佳子

静けさの中に、ただ一つ大きな鳴子のこけしが転がっている。それを伝えているだけなのに、不吉な気配が充ちているのは何故なのだろう。歌は二〇一一年三月一一日の東北大震災直後の作者の家の情景を詠んだものであろう。さいわいに被害は少なく、「大きなる鳴子のこけしが横たわるのみ」であったという。それでも、不穏、不吉な感じは「風落ちたやうなしづけさ」をもって、作者の中にまぎれなく広がっている。「大きなる鳴子のこけし」の「大きなる」という形容も、横たわった「こけし」以上の生々しさを作者が感じとっているからに違いない。もしかしたら「横たはる」のは「こけし」ではなく、「わたし」であった可能性もあるからだ。大震災より十三年目である。当時をふくめて毎年多くの歌人に歌い継がれている震災であるが、わたしにはなおこの一首の記憶が鮮烈に残っている。二〇一六年刊。

2024/3/11

三月

三月はいつ目覚めても風が吹き原罪という言葉浮かび来

『逆光』さいとうなおこ

日本の三月初めは風の強い日が多い。だがこの一首の「いつ目覚めても風が吹き」という言葉には、たんなる気象状態をこえた虚無感のようなものが漂っている。そしてそれが「原罪」という言葉と結びつくと、日常感とは違う心の在り方が浮かび上がる。

「原罪」とは信仰にかかわりのない者にはあまり縁のない言葉だ。キリスト教ではアダムとイブによる人類最初の罪を意味する。だが、作者がここで自身に問うているのは、「原罪」ではなく「原罪という言葉」なのである。「いつ目覚めても風が吹」いているということは、作者の中では目覚めると同時に何か「言葉」が揺らぎだすということであろう。歌から伝ってくる硬い、敬虔な表情に心を打たれる。三月という風の季節が呼び起こした「原罪」という言葉の緊張感が忘れがたいのである。二〇〇八年刊。

2024/3/13

近づけば莢豌豆のハウスから雲雀飛び出しわれ囀れり

『雨たたす村落』小黒世茂

ハウスの中で莢豌豆がつくられている。作者はそこを通りがかったのだろう。ハウスに近づいたとたん雲雀が飛び出したという。吃驚仰天して、思わず雲雀のような声が出た、ということだろうか。場面を説明してみれば何の不思議もないことになりそうだ。いや、納得できるような解釈をしてしまうと、歌の面白さもなくなってしまうだろう。この歌の輝きは、「ハウスから雲雀飛び出しわれ囀れり」という異変がもたらした明るい可笑しさにあることはまちがいない。

小黒世茂といえば自身の身体をもって熊野を踏破し、熊野を歌いつづける貴重な存在である。この一首も旅の途中のできごとであるらしい。いわば、身の体験をもってしか生まれえない一瞬の輝きを、熊野という巨大なエネルギーが潜む村落の一つ一つに見出だしているということだろう。熊野であれば、「ハウスから雲雀飛び出す」ことも、「われ囀れり」にも、いっこう不思議はないのである。二〇〇八年刊。　2024/3/15

三月

三月はぬたといふ食《じき》春泥によごるるごとき葱が甘くて

『クウェート』黒木三千代

「ぬた」というのは魚介や野菜を酢味噌で和える食べ物だが、もともとは沼地や湿田、どろ、ひじなどを「ぬた」と言ったことが語源となっているようだ。春先に食べたくなる料理の一つで、この歌では葱の「ぬた」をつくっている。「三月は」とあるので、やはり春先の味わいと思っているのだろう。ちょうどその頃は「春泥」の季節である。春の季語にもなっているこの言葉は、雪解けや霜解けによるぬかるみのことだが、都市化や舗装化がすすんだ現在では想像できないかもしれない。

もちろんこの歌はたんなる季節感にとどまるわけではない。「春泥によごるる」にも、「葱が甘くて」という結句にも、ほのかな官能をまとった世話物的な味わいがあるからだ。とりわけ「よごるるごとき」という比喩と、「甘くて」という言葉を流した語感が重なって、苦く甘い恋の情緒に読者を誘うのである。一九九四年刊。

2024/3/18

男をも灰の中より拾ひつる釘《くぎ》のたぐひに思ひなすこと

『春泥集』与謝野晶子

男を「灰の中より拾ひつる釘のたぐひ」と思おうと言う。かつてこの歌に出会った時、「釘のたぐひ」という謎めいた比喩を前にしてしばらく呆然とした。灰の中から釘を拾った経験はわたしにもある。以前はよく庭先で、不要になった木箱など燃すことがあったからだ。だがそれにしても、その焼け釘に寄せる感情が、「男」に対しての怨みなのか諦めなのか、それとも愛しさなのかが判然としない。わからない故に忘れがたいともいえる。

この一首、表現は散文的で、小説が書く男女関係を想像させるところがある。結句の「思ひなすこと」という言葉にも、自分の恋着を切り捨てるような、あるいは男を見切るような強さが見える。当時、与謝野鉄幹を中にした晶子と山川登美子との三巴の恋愛は、いわば世間公開の事実であった。そしてそれは鉄幹と晶子が結婚した後も収まることがなかった。むろん晶子のこの歌はそのことを知った上でのものである。拾い上げた「釘」にはまだ温みがあったのだろうか。一九一一年刊。

2024/3/20

菜の花の黄溢《きい》れたりゆふぐれの素焼の壺に処女のからだに

『びあんか』水原紫苑

春の花には黄色が多いが、なかでも菜の花の黄の色は周囲の景色を一新させるまぶしさがある。その鮮明な黄色が「ゆふぐれの素焼の壺」に「溢れ」ていると歌う。「素焼の壺」が「処女のからだ」に結びついていることは明らかだが、その二つのイメージを重ねることで、処女のエロスが浮き立ってくる。あくまでも清らかな、いわば中性的なエロスといえるのかもしれない。ただしそのエロスは、「菜の花」という季節と「ゆふぐれ」という明暗の中間的時間を不可欠として、それらを背景とする時に、処女の憂愁が色濃く立ち込めてくるようだ。「処女のからだ」に注ぐまなざしの深さに驚く。『びあんか』は水原の第一歌集。初めより言葉と表現の確かさをもっていた歌人である。一九八九年刊。

2024/3/22

菜の花の黄のかがやける丘にゐる老いらを訪ぬわれを待てれば

『新月の蜜』伊藤一彦

ここに歌われているのは一時期のわたしの心そのものであった。伊藤の住む宮崎の日向は温暖の地だが、わたしの生地である千葉の房総も暖かで、春にならないうちからいっせいに菜の花が咲く。老いた父母の待つその菜の花の里へ、わたしは何年となく通ったのである。この歌をつぶやきながら。

「菜の花の黄のかがやく丘」に高齢者施設があるのだろう。一首には「介護老人保健施設で出前短歌会」と付されている。伊藤はそこで歌づくりを指南し、合同歌集を何冊も出版しているのだが、百歳に届くような老人たちの歌がまことに輝いて心を打つのである。人間味とユーモアのにじむ彼らの歌を辿っていると、「菜の花の黄のかがやく」この「丘」が、なにか明るい桃源郷のようにも見えてくる。そうした桃源郷をこの世の中に創り上げたのは、この歌人の大らかな陽性の世界観にちがいない。二〇〇四年刊。

2024/3/25

人が人を呼ぶ声高くさびしさの根源のように窓は開きぬ

『河を渡って木立の中へ』秋山律子

誰かを呼ぶ高い声を作者の耳はとらえた。自分が呼ばれたのではないが、思わず作者はあたりをうかがう。すると呼ばれた人なのだろうか、ひとつの窓が開いたというのである。動きのある情景が見えてくるが、むろんこの歌は情景そのものを歌ったものではないだろう。中間に「さびしさの根源のように」という言葉が挟まれているからだ。

人が人を呼ぶ声を淋しいと感じ、さらにその声に応える行為をも淋しいと感じている作者がいる。それ以上のことは伝えられているわけではない。しかし、言葉では伝えにくい人間の「さびしさ」という「根源」的なものが、「人を呼ぶ声」とそれによって開かれた「窓」という映像的な表現によって、鮮やかに構成された一首といえるだろう。二〇二二年刊。

2024/3/27

三月

生まれきてかへりみるときてのひらに菫の花の重たかりけり

『過客』小中英之

「生まれきてかへりみるとき」とはじまる言葉のさりげなさに、思わず通り過ぎてしまいそうになるが、なかなか含みのある言葉である。単純に考えれば、「かへりみる」とはそれまでの人生を、ということになるだろう。そのときの「菫の花の重たさ」とは、この世の可憐な同行者としてのいのちの「重たさ」であろう。歌集名の「過客」に、『おくのほそ道』の序文「月日は百代の過客にして、行かふ年も又旅人也」も思い浮かぶ。作者には、すべては過ぎ行くという思いと、いまこの一瞬の「てのひら」にのせた「菫の花の重た」さとが、同時に認識されているということなのであろう。

また、初句の「生まれきて」という言葉のニュアンスから、「かへりみる」の歳月をさらに奥深くまで遡り、「菫の花の重たさ」を前世の記憶とする解釈もできるだろうか。時間の不思議な感じはその方がずっと濃くなる。しかしいずれにしても、作者にとって時は過ぎゆくという強い思いは残るだろう。「菫の花」の可憐さをかけがえのないものとして記憶した一首である。二〇〇三年刊の遺歌集。

2024/3/29

ながらへて　八十《やそ》の命の花あかり。老い木の桜　風にさからふ

『バグダッド燃ゆ』岡野弘彦

「花あかり」に照らされた「八十歳の命」が、深い気息とともに詠まれている。だが、初句の「ながらへて」という言葉には、「花あかり」という言葉にほのかに照らされながらも、底に苦さがにじんでいるようだ。さらには「老い木の桜　風にさからふ」と歌われて、抵抗感さえも浮かびあがる。古来、桜を詠んだ歌は無数にあるが、「八十」の心がこんなにも重層的に映された桜は少ないのではあるまいか。

太平洋戦争で同世代の多くが戦死した中で、自分は生き残ったと語っている岡野は、その戦後を「ながらへて」という言葉を携えて生きてきたのであろうか。『バグダッド燃ゆ』（二〇〇六年刊）の次の歌集『美しく愛しき日本』（二〇一二年刊）に、「わが二十の桜」という一連があり、岡野にとっての桜の原点というべき情景が歌われている。その中に「幹焦げし桜木の下　つぎつぎに　友のむくろをならべゆきたり」という一首がある。これを見れば、岡野にとっての桜への愛憎の深さが十分に理解できよう。その「二十の桜」とこの「老い木の桜」を重ねつつ、いよいよ「八十の命」の哀歓を知る時なのであろう。二〇〇六年刊。

2024/4/1

焼け原のはてに　かすかに浮かびゐし、幽鬼のごとき　富士を忘れず

『美しく愛しき日本』岡野弘彦

「わが二十の桜」という章に置かれた一首。「幽鬼のごとき　富士」という言葉に強い衝撃を受けてより、わたしの中で消えることのない一首となった。「富士」は「桜」とともに、むろん日本の象徴である。「わが二十の桜」の一連には、「昭和二十年四月十日深夜、軍用列車で移動中のわが部隊は再度の東京大空襲により、巣鴨と大塚の間に於て全車輛を焼かれたり。」という言葉が付され、焼け原を片付ける任務の中で見た悲惨な友の骸と桜が歌われている。それらの歌と並んでこの「富士」の歌がある。「幽鬼のごとき　富士」とは、いうまでもなく「幽鬼のごとき」日本の姿である。岡野の眼はそれをまざまざと見た。その時の悲痛な「富士」の姿が、歌集名の「美しく愛しき日本」という言葉の源にあることは確かだろう。二〇一二年刊。

2024/4/3

四月

ほろほろと桜散れども玉葱はむつつりとしてもの言はずけり

『浴身』岡本かの子

大正十四年刊行の『浴身』の中に、「桜ばないのち一ぱいに咲くからに生命《いのち》をかけてわが眺めたり」からはじまる「桜」一三八首の大作があることはよく知られている。一週間で歌い切ったというその一連には、感覚と肉体とがないまぜになったかの子の生気がみずみずしく、ときには生々しく充ちている。その一連の中ほどにあるこの歌は、桜の歌としては変わった構図であるが、それゆえにわたしの心に残ったのである。「ほろほろ」の「桜」と「むつつり」の「玉葱」が無造作に並べられている。それが面白いともいえるが、意味はあまり判然としない。しかし、「いのち一ぱいに咲く」桜を「生命をかけて」眺めるというかの子を思い起こせば、ここにはもう一つの桜の景色が見えてくるようだ。

桜の散った後の景色はどうなるのか。そのとき目にしたのが「玉葱」という日常的な暮らしの景物であったのだろう。官能の桜から日常の玉葱へ。「むつつりとしてもの言はずけり」とかすかな落胆をにじませた言葉の余韻を、心にくいものとして味わうのである。一九二五年刊。

2024/4/5

かざし来し傘を畳みて今われはここより花の領界に入る

『桜花の領』稲葉京子

言葉の張りつめた美しい歌である。かざしてきた「傘」を畳んで「花の領界」に入るのだという。傘を畳むということが一つの儀式のようにも見える。そうして華やかさと陰翳を潜ませた桜花の時空に身を入れる姿には、たんなる抒情をこえた意志的な表情が見える。

『桜花の領』は一九八四年、稲葉の五十一歳の時の出版だが、ここに多くの桜が歌われている。「幾そたびふり仰ぎしかひとひらが散りそめてよりわれの桜ぞ」とも歌われている桜は、もはや景色というより作者の分身のようだ。「散りそめてよりわれの桜ぞ」と言い切っているのは、散る「ひとひら」の寂寥を共有するという思いだろうか。「幾そたび」、「散りそめて」など時間を輻湊させながら、孤独や寂寥を華やかさとともに歌うのである。一九八四年刊。

2024/4/8

桜に雨　父はちいさな顔をして枕の上の目をひらきたり

『記憶の椅子』中津昌子

歌われているのは二つの情景である。「桜に雨」という外の景色と、おそらくは部屋の中で「ちいさな顔をして」「枕の上に目をひらいた」「父」の姿。二つをつなぐ言葉はなく、ただ映像として並置されているのみである。しかし父の方の描写に言葉が尽くされているので、こちらに思いがかかっていることは確かだろう。この父はおそらく老齢であり、「ちいさい顔」とは文字通り老いて萎んだ顔なのか。その父が「枕の上の目をひらきたり」というだけなのだが、その表情にはなにか空虚な感じがあり、見つめている作者のまなざしにも父の空虚が移っているようだ。そして、——父はあるいは雨の音で目覚めたのかもしれない、桜も終わりかと思っているのかもしれない——などという、作者の意識の流れを読者に喚起する。冒頭の「桜に雨」の気分が全体を支配している歌である。二〇二一年刊。

2024/4/10

もの思ひにしづみゐるのかかはたれを重たげに咲く千年桜は

『漆伝説』萩岡良博

一首には「宇陀佛隆寺」と註がついている。佛隆寺は奈良県の宇陀市赤埴《あかばね》にある古刹で、八五〇年に空海の高弟、堅恵によって創建されたという。そこに立つ桜は奈良県最大最古の桜と称され、樹齢六百年とも八百年ともいわれているらしい。宇陀が生地である作者は、ひと日、桜に呼ばれるようにして訪れたのだろう。見上げた桜は折から満開を少し過ぎ、「かはたれ」の薄明の中に「重たげに」立って、「もの思ひにしづみゐる」ようであったと歌っている。歳月の重さを一身に負った桜の息づきを感じとったのであろう。そのとき一瞬風が吹き過ぎたのか、「さくら散る、七十年が秒きざみにわが身ぬちよりふぶき出づるも」とも歌われている。作者の七十年の歳月が「秒きざみ」に桜ふぶきに変じて、「わが身ぬちよりふぶき出づる」というのである。そのとき、千年という桜のはるかな時間と、作者の七十年の「秒きざみ」の時間とが妖しく入り混じる。桜という存在が見せる変幻である。二〇二三年刊。

2024/4/12

四月

さくらばな陽に泡だつを目守《まも》りゐるこの冥き遊星に人と生れて

『みずかありなむ』山中智恵子

宇宙的ともいうべき広大な時空をもっている歌である。桜をこのような宇宙感覚で詠んだ歌はこれがはじめてであろう。「陽に泡だつ」とは満開の桜の情景だろうか、ふつふつと「泡だつ」桜の姿は、なにか天地のはじまりの景色を思わせるところがある。そしてそれを見守っていることが、たちまち宇宙の中での自らの位置を照らし出す。「この冥き遊星に人と生れ」た運命的な構図を、「さくらばな」から透視するというスケールの大きさ。「冥き」という言葉には、地球上に起こるさまざまな出来事や歴史の暗さを読むこともできるだろう。その「冥き遊星」に「人」として生まれた者の眼が、同時に「陽に泡だつ」「さくらばな」を見ているというのである。まさに人間の立ち位置をめぐる壮大なドラマをそこに見るようだ。結句の言葉にかすかな余韻が残るのは、あるいはそのときの作者の心の揺れのあらわれでもあろうか。一九七五年刊。

2024/4/15

砂子屋書房 刊行書籍一覧（歌集・歌書）

2024年8月現在

＊御入用の書籍がございましたら、直接弊社あてにお申し込みください。
代金後払い、送料当社負担にて発送いたします。

	著者名	書名	定価
1	阿木津　英	『**阿木津　英 歌集**』現代短歌文庫5	1,650
2	阿木津　英 歌集	『**黄　鳥**』	3,300
3	阿木津　英 著	『**アララギの釋迢空**』＊日本歌人クラブ評論賞	3,300
4	秋山佐和子	『**秋山佐和子歌集**』現代短歌文庫49	1,650
5	秋山佐和子歌集	『**西方の樹**』	3,300
6	雨宮雅子	『**雨宮雅子歌集**』現代短歌文庫12	1,760
7	池田はるみ	『**池田はるみ歌集**』現代短歌文庫115	1,980
8	池本一郎	『**池本一郎歌集**』現代短歌文庫83	1,980
9	池本一郎歌集	『**萱鳴り**』	3,300
10	石井辰彦	『**石井辰彦歌集**』現代短歌文庫151	2,530
11	石田比呂志	『**続 石田比呂志歌集**』現代短歌文庫71	2,200
12	石田比呂志歌集	『**邯鄲線**』	3,300
13	一ノ関忠人歌集	『**さねさし曇天**』	3,300
14	一ノ関忠人歌集	『**木ノ葉揺落**』	3,300
15	伊藤一彦	『**伊藤一彦歌集**』現代短歌文庫6	1,650
16	伊藤一彦	『**続 伊藤一彦歌集**』現代短歌文庫36	2,200
17	伊藤一彦	『**続々 伊藤一彦歌集**』現代短歌文庫162	2,200
18	今井恵子	『**今井恵子歌集**』現代短歌文庫67	1,980
19	今井恵子 著	『**ふくらむ言葉**』	2,750
20	魚村晋太郎歌集	『**銀　耳**』（新装版）	2,530
21	江戸　雪 歌集	『**空　白**』	2,750
22	大下一真歌集	『**月　食**』＊若山牧水賞	3,300
23	大辻隆弘	『**大辻隆弘歌集**』現代短歌文庫48	1,650
24	大辻隆弘歌集	『**橡（つるばみ）と石垣**』	3,300
25	大辻隆弘歌集	『**景徳鎮**』＊斎藤茂吉短歌文学賞	3,080
26	岡井　隆	『**岡井　隆 歌集**』現代短歌文庫18	1,602
27	岡井　隆 歌集	『**馴鹿時代今か来向かふ**』（普及版）＊読売文学賞	3,300
28	岡井　隆 歌集	『**阿婆世（あばな）**』	3,300
29	岡井　隆 著	『**新輯 けさのことば Ⅰ・Ⅱ・Ⅲ・Ⅳ・Ⅵ・Ⅶ**』	各3,850
30	岡井　隆 著	『**新輯 けさのことば Ⅴ**』	2,200
31	岡井　隆 著	『**今から読む斎藤茂吉**』	2,970
32	沖　ななも	『**沖ななも歌集**』現代短歌文庫34	1,650
33	尾崎左永子	『**尾崎左永子歌集**』現代短歌文庫60	1,760
34	尾崎左永子	『**続 尾崎左永子歌集**』現代短歌文庫61	2,200
35	尾崎左永子歌集	『**椿くれなゐ**』	3,300
36	尾崎まゆみ	『**尾崎まゆみ歌集**』現代短歌文庫132	2,200
37	柏原千惠子歌集	『**彼　方**』	3,300
38	梶原さい子歌集	『**リアス／椿**』＊葛原妙子賞	2,530
39	梶原さい子歌集	『**ナラティブ**』	3,300
40	梶原さい子	『**梶原さい子歌集**』現代短歌文庫138	1,980

	著者名	書名	定価
41	春日いづみ	**『春日いづみ歌集』** 現代短歌文庫118	1,650
42	春日真木子	**『春日真木子歌集』** 現代短歌文庫23	1,650
43	春日真木子	**『続 春日真木子歌集』** 現代短歌文庫134	2,200
44	春日井　建	**『春日井　建 歌集』** 現代短歌文庫55	1,760
45	加藤治郎	**『加藤治郎歌集』** 現代短歌文庫52	1,760
46	雁部貞夫	**『雁部貞夫歌集』** 現代短歌文庫108	2,200
47	川野里子歌集	**『歓　待』** ＊読売文学賞	3,300
48	河野裕子	**『河野裕子歌集』** 現代短歌文庫10	1,870
49	河野裕子	**『続 河野裕子歌集』** 現代短歌文庫70	1,870
50	河野裕子	**『続々 河野裕子歌集』** 現代短歌文庫113	1,650
51	来嶋靖生	**『来嶋靖生歌集』** 現代短歌文庫41	1,980
52	紀野　恵 歌集	**『遣唐使のものがたり』**	3,300
53	木村雅子	**『木村雅子歌集』** 現代短歌文庫111	1,980
54	久我田鶴子	**『久我田鶴子歌集』** 現代短歌文庫64	1,650
55	久我田鶴子 著	**『短歌の〈今〉を読む』**	3,080
56	久我田鶴子歌集	**『菜種梅雨』** ＊日本歌人クラブ賞	3,300
57	久々湊盈子	**『久々湊盈子歌集』** 現代短歌文庫26	1,650
58	久々湊盈子	**『続 久々湊盈子歌集』** 現代短歌文庫87	1,870
59	久々湊盈子歌集	**『世界黄昏』**	3,300
60	黒木三千代歌集	**『草の譜』**	3,300
61	小池　光 歌集	**『サーベルと燕』** ＊現代短歌大賞・詩歌文学館賞	3,300
62	小池　光	**『小池　光 歌集』** 現代短歌文庫7	1,650
63	小池　光	**『続 小池　光 歌集』** 現代短歌文庫35	2,200
64	小池　光	**『続々 小池　光 歌集』** 現代短歌文庫65	2,200
65	小池　光	**『新選 小池　光 歌集』** 現代短歌文庫131	2,200
66	河野美砂子歌集	**『ゼクエンツ』** ＊葛原妙子賞	2,750
67	小島熱子	**『小島熱子歌集』** 現代短歌文庫160	2,200
68	小島ゆかり歌集	**『さくら』**	3,080
69	五所美子歌集	**『風　師』**	3,300
70	小高　賢	**『小高　賢 歌集』** 現代短歌文庫20	1,602
71	小高　賢 歌集	**『秋の茱萸坂』** ＊寺山修司短歌賞	3,300
72	小中英之	**『小中英之歌集』** 現代短歌文庫56	2,750
73	小中英之	**『小中英之全歌集』**	11,000
74	小林幸子歌集	**『場所の記憶』** ＊葛原妙子賞	3,300
75	今野寿美歌集	**『さくらのゆゑ』**	3,300
76	さいとうなおこ	**『さいとうなおこ歌集』** 現代短歌文庫171	1,980
77	三枝昻之	**『三枝昻之歌集』** 現代短歌文庫4	1,650
78	三枝昻之歌集	**『遅速あり』** ＊迢空賞	3,300
79	三枝昻之ほか著	**『昭和短歌の再検討』**	4,180
80	三枝浩樹	**『三枝浩樹歌集』** 現代短歌文庫1	1,870
81	三枝浩樹	**『続 三枝浩樹歌集』** 現代短歌文庫86	1,980
82	佐伯裕子	**『佐伯裕子歌集』** 現代短歌文庫29	1,650
83	佐伯裕子歌集	**『感傷生活』**	3,300
84	坂井修一	**『坂井修一歌集』** 現代短歌文庫59	1,650
85	坂井修一	**『続 坂井修一歌集』** 現代短歌文庫130	2,200

	著者名	書名	定価
86	酒井佑子歌集	『空よ』	3,300
87	佐佐木幸綱	『佐佐木幸綱歌集』現代短歌文庫100	1,760
88	佐佐木幸綱歌集	『ほろほろとろとろ』	3,300
89	佐竹彌生	『佐竹弥生歌集』現代短歌文庫21	1,602
90	志垣澄幸	『志垣澄幸歌集』現代短歌文庫72	2,200
91	篠　弘	『篠　弘 全歌集』＊毎日芸術賞	7,700
92	篠　弘 歌集	『司会者』	3,300
93	島田修三	『島田修三歌集』現代短歌文庫30	1,650
94	島田修三歌集	『帰去来の声』	3,300
95	島田修三歌集	『秋隣小曲集』＊小野市詩歌文学賞	3,300
96	島田幸典歌集	『駅　程』＊寺山修司短歌賞・日本歌人クラブ賞	3,300
97	高野公彦	『高野公彦歌集』現代短歌文庫3	1,650
98	髙橋みずほ	『髙橋みずほ歌集』現代短歌文庫143	1,760
99	田中　槐 歌集	『サンボリ酢ム』	2,750
100	谷岡亜紀	『谷岡亜紀歌集』現代短歌文庫149	1,870
101	谷岡亜紀	『続 谷岡亜紀歌集』現代短歌文庫166	2,200
102	玉井清弘	『玉井清弘歌集』現代短歌文庫19	1,602
103	築地正子	『築地正子全歌集』	7,700
104	時田則雄	『続 時田則雄歌集』現代短歌文庫68	2,200
105	百々登美子	『百々登美子歌集』現代短歌文庫17	1,602
106	外塚　喬	『外塚　喬 歌集』現代短歌文庫39	1,650
107	富田睦子歌集	『声は霧雨』	3,300
108	内藤　明 歌集	『三年有半』	3,300
109	内藤　明 歌集	『薄明の窓』＊迢空賞	3,300
110	内藤　明	『内藤　明 歌集』現代短歌文庫140	1,980
111	内藤　明	『続 内藤　明 歌集』現代短歌文庫141	1,870
112	中川佐和子	『中川佐和子歌集』現代短歌文庫80	1,980
113	中川佐和子	『続 中川佐和子歌集』現代短歌文庫148	2,200
114	永田和宏	『永田和宏歌集』現代短歌文庫9	1,760
115	永田和宏	『続 永田和宏歌集』現代短歌文庫58	2,200
116	永田和宏ほか著	『斎藤茂吉―その迷宮に遊ぶ』	4,180
117	永田和宏歌集	『日　和』＊山本健吉賞	3,300
118	永田和宏 著	『私の前衛短歌』	3,080
119	永田　紅 歌集	『いま二センチ』＊若山牧水賞	3,300
120	永田　淳 歌集	『竜骨（キール）もて』	3,300
121	なみの亜子歌集	『そこらじゅう空』	3,080
122	成瀬　有	『成瀬　有 全歌集』	7,700
123	花山多佳子	『花山多佳子歌集』現代短歌文庫28	1,650
124	花山多佳子	『続 花山多佳子歌集』現代短歌文庫62	1,650
125	花山多佳子	『続々 花山多佳子歌集』現代短歌文庫133	1,980
126	花山多佳子歌集	『胡瓜草』＊小野市詩歌文学賞	3,300
127	花山多佳子歌集	『三本のやまぼふし』	3,300
128	花山多佳子 著	『森岡貞香の秀歌』	2,200
129	馬場あき子歌集	『太鼓の空間』	3,300
130	馬場あき子歌集	『渾沌の鬱』	3,300

	著者名	書名	定価
131	浜名理香歌集	『くさかむり』	2,750
132	林　和清	『林　和清 歌集』現代短歌文庫147	1,760
133	日高堯子	『日高堯子歌集』現代短歌文庫33	1,650
134	日高堯子歌集	『水衣集』＊小野市詩歌文学賞	3,300
135	福島泰樹歌集	『空襲ノ歌』	3,300
136	藤原龍一郎	『藤原龍一郎歌集』現代短歌文庫27	1,650
137	藤原龍一郎	『続 藤原龍一郎歌集』現代短歌文庫104	1,870
138	本田一弘	『本田一弘歌集』現代短歌文庫154	1,980
139	前　登志夫歌集	『流　轉』＊現代短歌大賞	3,300
140	前川佐重郎	『前川佐重郎歌集』現代短歌文庫129	1,980
141	前川佐美雄	『前川佐美雄全集』全三巻	各13,200
142	前田康子歌集	『黄あやめの頃』	3,300
143	前田康子	『前田康子歌集』現代短歌文庫139	1,760
144	蒔田さくら子歌集	『標のゆりの樹』＊現代短歌大賞	3,080
145	松平修文	『松平修文歌集』現代短歌文庫95	1,760
146	松平盟子	『松平盟子歌集』現代短歌文庫47	2,200
147	松平盟子歌集	『天の砂』	3,300
148	松村由利子歌集	『光のアラベスク』＊若山牧水賞	3,080
149	真中朋久	『真中朋久歌集』現代短歌文庫159	2,200
150	水原紫苑歌集	『光儀（すがた）』	3,300
151	道浦母都子	『道浦母都子歌集』現代短歌文庫24	1,650
152	道浦母都子	『続 道浦母都子歌集』現代短歌文庫145	1,870
153	三井　修	『三井　修 歌集』現代短歌文庫42	1,870
154	三井　修	『続 三井　修 歌集』現代短歌文庫116	1,650
155	森岡貞香	『森岡貞香歌集』現代短歌文庫124	2,200
156	森岡貞香	『続 森岡貞香歌集』現代短歌文庫127	2,200
157	森岡貞香	『森岡貞香全歌集』	13,200
158	柳　宣宏歌集	『施無畏（せむい）』＊芸術選奨文部科学大臣賞	3,300
159	柳　宣宏歌集	『丈　六』	3,300
160	山田富士郎	『山田富士郎歌集』現代短歌文庫57	1,760
161	山田富士郎歌集	『商品とゆめ』	3,300
162	山中智恵子	『山中智恵子全歌集』上下巻	各13,200
163	山中智恵子 著	『椿の岸から』	3,300
164	田村雅之編	『山中智恵子論集成』	6,050
165	吉川宏志歌集	『青　蟬』（新装版）	2,200
166	吉川宏志歌集	『燕　麦』＊前川佐美雄賞	3,300
167	吉川宏志	『吉川宏志歌集』現代短歌文庫135	2,200
168	米川千嘉子	『米川千嘉子歌集』現代短歌文庫91	1,650
169	米川千嘉子	『続 米川千嘉子歌集』現代短歌文庫92	1,980

＊価格は税込表示です。

砂子屋書房
〒101-0047 東京都千代田区内神田3-4-7
電話 03（3256）4708　FAX 03（3256）4707　振替 00130-2-97631
http://www.sunagoya.com

人類は「パンツをはいたサル」であり「マスクをつけたサル」ともなつた

『The quiet light on my journey』香川ヒサ

「パンツをはいたサル」は栗本慎一郎の著書のタイトル。人間は20パーセントの人間性と80パーセントの動物性から成る、という認識のもとに書かれた著書は話題を呼んだ。この一首はその衝撃的なタイトルを下敷きにして、さらに「マスクをつけたサル」と言葉を延長させている。もちろんこれは、コロナ感染症に襲われている地球上の「人類」のことである。悲哀と諧謔を込めながら、一首の表現は大胆。批評精神にあふれる香川はまた「感染症拡がる街に動けない街路樹は立つ間隔開けて」とも詠む。歌がつくられた二〇二〇年頃は、人と人が密にならぬよう「間隔」を開けよとさかんに言われたものだ。それにしても、「街路樹は立つ間隔開けて」には思わず笑ってしまった。さてこの先、人間はどんなサルになる運命なのだろうか。批評眼にユーモアが加わった歌集である。二〇二三年刊。

2024/4/17

ふるくにのゆふべを匂ふ山桜わが殺《あや》めたるもののしづけさ

『青童子』前登志夫

奈良県吉野を生地として、自らを山人と称して生きた前登志夫の山桜の一首。「ふるくに」とはむろん古い時間の堆積する吉野であり、その地の山桜の咲く「ゆふべ」を「匂ふ」と歌っている。しかしその静かな情景は、下句で一転する。この「殺めたるもの」とはいったい何か。作者が山人であれば、生きるために殺してきた獣や樹木をまず思いうかべることができるだろう。いや、もっと内面的な歌人の奥深くに沈めてきた殺意であろうか。さらに思えば、吉野という地は生臭い政変にまみれた歴史をもつ地でもある。こうしてこの地の「ゆふべ」はたちまち殺気を孕むのだが、しかしその「しづけさ」にはまったく変わりはなく、歌人はその「しづけさ」を見とどけている。

山桜のほのかな匂いに、輝きに、一瞬、血の気配がまじるという。それも「ふるくに」ゆえである。まさしく「ふるくに」から生まれた一首というべきだろう。一九九七年刊。

2024/4/19

春の雨降りやむまでを電話のない電話ボックスの中で待ってる

『遠い感』郡司和斗

一首が成り立っているのは、電話機のない電話ボックスという、一種ギャグのような空白の場所が選ばれていることによる。ケイタイ電話を一人が一台もつようになって、街中から公衆電話の姿が消えていった。しかし、電話機が取り外されても電話ボックスとして残っている場合もあり、そんな空白の場所で、作者は「春の雨降りやむまでを」「待つ」と歌うのである。

かつて、固定電話がコミュニケーションの道具として普及するにつれ、電話ボックスもまたわれわれにとっては大事なコミュニケーションの場所であった。今それが失われた中で、作者が「待つ」ものは果たして「春の雨」があがることだけなのだろうか。あるいは恋人への思いか、遠い未来か。空白の電話ボックスを舞台にしているだけに、この一首は「待つ」ことの意味をさまざまに暗示させるようである。二〇二三年刊。

2024/4/22

言葉から言葉つむがずテーブルにアボカドの種芽吹くのを待つ

『アボカドの種』俵　万智

二〇二三年に出版された俵万智の最新歌集のタイトルともなっている一首。この歌への思いは「言葉から言葉をつむぐだけなら、たとえばＡＩにだってできるだろう。心から言葉をつむぐとき、歌は命を持つのだと感じる」という「あとがき」に明らかだ。俵はアボカドが好きで、種からの水耕栽培を楽しんでいるという。アボカドは成長がきわめてゆっくりの植物で、根がでるまでに三か月くらいかかるのだとも「あとがき」に記している。そしてその緩慢な成長の時間を「とても豊かだ」とも俵は語っている。今生きている時代へのメッセージを、日常的な情景として歌い、語ることに長けている作者であるが、それでも「心から言葉をつむぐ」には時間がいるというのである。歌集の終わりにはこんな言葉遊びのような歌もある。「言葉とは心の翼と思うときことばのこばこのこばとをとばす」。言葉の「こばと」を飛ばしつづける俵万智である。二〇二三年刊。

2024/4/24

林檎の花透けるひかりにすはだかのこころさらしてみちのくは泣く

『花の渦』齋藤芳生

一首の初めと終わりの他はすべて平仮名で書かれている歌である。平仮名で書かれた「すはだかのこころ」とは何か。作者の「こころ」と「みちのく」が一つであり、ともに「すはだか」であるということであろう。

「林檎の花」に象徴される「みちのく」という地は、作者の故郷である。二〇一一年の大震災につづいて原発事故の被災地となってより、作者は生地である福島を歌いつづけている。時には訛りも交えた歌い口には、〈語り〉のような趣もある。「林檎の花」が春の光に透ける一番美しい季節の「みちのく」を、「こころさらして」「泣く」という率直な言葉で語るのである。故郷によせる「すはだか」の哀しみと愛しさが、林檎の花の渦から静かにやわらかく立ち上ってくるようだ。二〇一九年刊。

2024/4/26

四月

野ゆき山ゆき木苺を食ひ茅花《つばな》を食ひ嬉しかりしよ母の故里

『空よ』酒井佑子

野と山は、日本における地名の原景であるという。「今はむかし、竹取の翁といふものありけり。野山にまじりて竹を取りつつ、よろづのことに使ひけり」という『竹取物語』の冒頭や、『万葉集』の防人歌の「忘らむて野ゆき山ゆき我来れどわが父母は忘れせぬかも（四三四四）などに、その最も古い表現を見ることができるという。（『地名の原景』木村紀子）。

この歌では「野ゆき山ゆき」ながら、「木苺」や「茅花」を食べる「嬉し」さが端的にあらわれている。そうした木の実と草の穂を食べる嬉しさが、時間空間をさかのぼって、「母の故里」へ向かう嬉しさにまっすぐつながっている。むろんこの「母の故里」には、作者の母の故郷をこえた、いわば母郷という抽象的な意味合いがふくまれているだろう。それゆえに「野ゆき山ゆき」「母の故里」をもとめる道中が、古物語のような懐かしさを感じさせるのである。二〇二三年刊の遺歌集。

2024/4/29

風呂場より走り出て来し二童子の二つちんぽこ端午の節句

『金色の獅子』佐佐木幸綱

五月五日の端午の節句が近づくとこの歌を思い出す。菖蒲湯からあがって、裸のまま走ってきた息子たちは、清涼な菖蒲の香をまとっていただろう。その「二童子の二つちんぽこ」といういきいきとした言葉の楽しさ。時は五月、初夏の明るい夕刻であろう。むろん「二童子」という古語の力も大きい。そうしていまの暮らしの風景が、「節句」という長い伝統の時間と地つづきであることを、生きる歓びとして気づかせてくれる。この歌集には「父として幼き者は見上げ居りねがわくは金色《こんじき》の獅子とうつれよ」という作者の代表歌がある。端午の節句の童子たちを見つめる父は、またその童子たちから「金色の獅子」と見られることを願っているのだ。この父と子の輝くまなざしが眩しい。一九八九年刊。

2024/5/1

五月

菖蒲湯にうつし身の香をとどめたる父ありき思ひ出さず忘れず

『不變律』塚本邦雄

菖蒲湯は五月の上の午《うま》の日、五日に薬草の菖蒲を入れた湯を浴び邪気を払った習慣のことで、古く中国から伝わったものだというが、現在も延々と暮らしの中に根づいている。この歌では「菖蒲湯」に「父」の「うつし身の香」を嗅ぎとっている。「菖蒲湯」の香を「うつし身」に、ではないことに気づく。下句も意味深長で、「父」を「思ひ出さず忘れず」と告げている。この「父」とはいったい誰か、果たして肉親としての父なのかどうか。

戦後、いわゆる前衛短歌と呼ばれる作品をもって出現した塚本には、その出発の時点から反日本、反伝統の姿勢が見えた。いま、この歌の「父」を「日本」に置き換えてみれば、そこに込められた意味が新たに見えてくる。すなわち、「菖蒲湯」という伝統の香の中の日本を、「思ひ出さず」、しかし「忘れず」というように、である。おそらく塚本の歌は、そうした祖国への深い愛憎の中で闘いつづけられてきたと言えるのだろう。一九八八年刊。

2024/5/3

目薬のつめたき雫したたれば心に開く菖蒲《あやめ》むらさき

『一点鐘』岡部桂一郎

目が弱くなり、日々しばしば目薬を差す。「目薬のつめたき雫」が目にしたたると、「心」に「むらさき」の「菖蒲」の花が開くという。いわゆる心眼が開くということであろうか。しかし、心眼というのは事の真相を見分ける心の働きのことで、映像とはかかわりないことだろう。この歌の「菖蒲むらさき」は「つめたき雫」が呼びおこしたイメージであることは言うまでもないが、なんと色鮮やかな「心」の比喩であることか。さらに、目薬が目に落ちた瞬間にむらさきの菖蒲が開くという、その視界の切り換えもきわめて映像的だ。歌集には「一円のアルミの硬貨落ちている畳の冬陽路傍のごとく」という歌もある。「菖蒲」の歌と同じように、日常の場面を映像化する巧みな手法によって、世界が迷路のようにつくりかえられてしまう不思議さがある。二〇〇二年刊。

2024/5/6

食卓のむかうは若き妻の川ふしぎな魚の釣り上げらるる

『E／T』岡井　隆

食卓のむこうに「若い妻」という「川」が流れている。渡れるのかどうかと思案するように眺めながら、夫は「ふしぎな魚が釣り上げらるる」と思う。夫にとって新しい「ふしぎ」がはじまったということだろうか。一首全体が暗示的な表現なので、意味は読む人の想像のままにということだろう。わからないままに、「川」と「魚」の関係に重ねられた男女の情景にとらわれてしまう歌だ。たとえば、彼は若い妻をどのようにして釣り上げたのか、などということも、いわば〈とらわれ〉の一つである。作者はこの頃、若い妻と結婚し、いわゆる新婚生活であったようだ。歌集の「あとがき」に、「妻は、一番近いところに居る〈他者〉だが、由来、謎深いことで知られる。夫から、年がはなれてゐる「若い妻」をモデルにして歌を書いた。苦しい作業だったとみえて夜々にみる夢はさんざんに乱れた」と記す。二人の名前の頭文字をタイトルにして、老年の生と性を切り開いた新しい形の愛の書き下ろし歌集である。二〇〇一年刊。

2024/5/8

バラ肉も中華ちまきもしめ鯖も在りし日々より此処にぞ凍る

『秋隣小曲集』島田修三

バラ肉も、中華ちまきも、しめ鯖も、いわば暮らしの匂いを濃く感じさせる食べ物である。それらすべてが、あなたが生きていた日からずっとここに凍っていると歌う。あなたが生きていれば冷凍の食品も解凍されて温かくなるのだが、いまは永遠に凍ったままだという。「凍る」ということばをつかって、伴侶を亡くした哀しみがリアルに、切実に伝わってくる。生命が無くなるということは、いわば何かが凍ってしまうことと同じであって、もちろん作者の心もであろう。

歌集を読むと、作者は突然に、不意打ちのように妻の死に出会ったという。その挽歌は多くはないが、いずれも思いの深さが胸に沁みる。「ねんごろにマニキュアしてゐし指先のその割れやすき薄き爪はも」。マニキュアと古語が一つになっているところに、この作者の哀切の調べが潜められている。二〇二〇年刊。

2024/5/10

少年の手をはなれたる花束が空をながれてくる母の日の

『日暈』小林幸子

五月の第二日曜が「母の日」と定まったのは戦後二年目ということだが、それより十年前にすでに日本に入っていたという。「母の日」の謂れはいろいろあるようだが、日本の場合はアメリカの風習に倣ったものだろう。この日は母に感謝を込めてカーネーションを贈るという習慣がしっかりと根づいていて、五月になると花屋にはカーネーションの花束や花鉢が並ぶ。この歌の花束は、「少年の手をはなれ」「空をながれてくる」という。あたかも時間空間を超えた見えない「花束」を、母は受け取っているようだ。「新春の家族の宴に十四歳のままの少年、父を泣かしむ」という一首もあるので、この母は息子を「少年」のまま喪ったのである。時空をまたぐような哀しみが歌に充ちているのはそのためだろう。永い歳月を経てなお、作者は空に消えた「少年」を呼び起こすような歌を多く掲げている。そのいずれもが、存在という幻を見つめる透明な言葉に充ちている。二〇二三年刊。

2024/5/13

鹿たちも若草の上《へ》にねむるゆゑおやすみ阿修羅おやすみ迦楼羅

『てまり唄』 永井陽子

永井陽子の歌を読むたびに思うのは、そのしらべの良さである。それによって一首が音楽のように響き、物語性を帯びでくる。この歌は、母を見送った後の日々を歌った一連の中のものだが、観世音や大仏殿や仁王とともに若草の上にねむる鹿が登場するので、場所は奈良であろう。「阿修羅」と「迦楼羅」は興福寺の八部衆のものだろう。その「阿修羅」「迦楼羅」にも鹿たちの眠りに重ねるように、「おやすみ」と声をかける。それだけで世界中の時を眠らせようとするかのようだ。

この歌は、眠りによる深い癒しを祈る子守歌なのである。と同時に、「おやすみ、おやすみ」と自分自身に魔法をかける言葉の裏に、どんなに深い孤独が潜んでいるのだろうかと、読者に思わせるのである。一九九五年刊。

2024/5/15

母が恋い焦がれて食べずに逝きたりし大福餅は手のひらのうえ

『感傷生活』佐伯裕子

死に近き母が、「大福餅」を食べたいとしきりに言った。しかし、そう思うだけでもはや食べる力はなかったのだろう。作者はいま大福餅を「手のひら」にのせながら、その母のことを思っている。肉親とはいえ、胸の内にはあまり触れ合わず生きていることが多い。それゆえ大福餅が食べたいという母に、作者は「えっ」と思っただけで、それ以上のことは考えなかったのかもしれない。いま、作者の手の上の大福餅は、ただふくふくとやわらかく、同時に何か少しユーモラスでもある。美しい母であったと作者から聞いたことがあるが、その美しい人が大福餅に「恋い焦がれて」いるというのである。その可笑しい感じの向こうには、だが、母の姿が確かにある。さりげないエピソードながら、人生の機微が、消しがたい哀しさ、淋しさとして伝わってくる歌である。二〇一八年刊。

2024/5/17

夜のうちに書いて了《しま》はう母がまだ私の字を読め返事くるるゆゑ

『庭』河野裕子

今夜のうちに手紙を書いてしまおう、母がまだ私の字を読めて返事をくれるから、という歌である。言葉通りでなんの説明もいらない。だが、この手紙＝文字でつながっている母娘の在り方がめずらしく、印象深く記憶している歌だ。この歌の母は、この頃しだいに認知症が進みはじめていたらしい。だから母への手紙は明日にせず「夜のうちに書いて了う」と思ったのだろう。そうした思いを端的に、切羽詰まったように言い切った一、二句の言葉の魅力が大きい。息子である永田淳によると、河野裕子はマザコンと言ってもいいほど母親への依存度が高かったという（『河野裕子』）。母の存在はそのまま自分自身のいのちとつながっているものであったようだ。むろん「私の字」という限定も大事で、母は「私の字」であるからいつまでも読めるのである。いのちの時間と文字のかかわりを考えさせる歌である。二〇〇四年刊。

2024/5/20

よもぎ餅さびしけれども食むほかに牡丹に対きてなすこともなし

『晩花』馬場あき子

「古京晩花」の一連のなかの一首である。牡丹は奈良県の石光寺《せっこうじ》に見た花であったという。歌の中の「牡丹」と「よもぎ餅」について、馬場はエッセイ『古典余情』にこう記している。「ここでよもぎ餅をいただいたことがあった。折ふしの草の香がなつかしく、美しい牡丹と対き合って食べることが少しためらわれたが、牡丹はいっそうほほえんでいるようであった」。

「よもぎ餅」を食べることが、なぜ「さびし」さにつながるのか。美しい牡丹を前にして、人間の食べるという行為への恥じらいか、などというあざとい読み方は不要であろう。この歌のさびしさには、「折ふしの草の香がなつかしく」という言葉が語るように、季節、季節の移り変わりへの遥かな思いが潜んでいる。しかしまた、〈折しも〉眼前には牡丹が咲き充ちており、その美しさを前にしてはただ「食むほかに」なかったということであろう。この〈折ふし〉と〈折しも〉の対比、言いかえれば、移ろう季節のあわれと一瞬の美との対比を、「よもぎ餅」と「牡丹」で鮮やかに見せているのである。一九八五年刊。

2024/5/22

繁りたる木したを潜りゆく膚に椎の花の香触れつつながれ

『黄鳥』阿木津英

五月の房総の山村には椎の花や若葉の匂いが充ちる。生臭いようなその匂いはまさしく初夏の匂いだが、この歌に詠まれているのもその「椎の花の香」である。しかも「膚」に「触れつつながれ」と、「香」がさながら光のように可視化されてとらえられている。結句の「触れつつながれ」という言葉を止めない形も余韻があり、「膚」と「椎の花の香」の交接がいっそう匂やかに感じられる。とりわけ「木した」の「膚」に香が際立って触れてくるというのだ。現象としての自然のいとなみを、言葉の力で一歩踏み込んでとらえた一首であろう。歌集の「あとがき」には、つくった時の「構想を十年ばかり寝かせて澱を沈め、（略）精製した」と記されている。また、歌集名の「黄鳥《くわうてう》」は、詩経の中の詩句にある言葉であり、それは「霊魂の象徴とも、神霊、祖霊の暗示とも言われる」とも記していた。この歌の「椎の花」にも、そうした神霊が香っているようだ。二〇一四年刊。

2024/5/24

草はらに草の重心揺れ合いて尿《ゆまり》しており小さき私

『キンノエノコロ』前田康子

前田康子の歌にはたくさんの草花が登場する。それも園芸種のものではなく、文字通り野生の草花がきちんと名前をもって歌われている。これは今の都市化された生活の中ではかなり特殊なことといってもいい。前田の生まれ育った環境については何にも知らないが、この歌の「草の重心」が「揺れ合う」という感覚には、まぎれもなく幼児体験がありそうだ。というのも、わたしにも同じような「草はら」時間を過ごした幼年の記憶があるからだ。そこで「尿」する「小さき私」の身体感覚と、「重心揺れ合う」草の身体感覚との奇妙な一致を、わたしは確実に共有できる。そしてその時の一種の幸福感もまた「草はら」がもたらしてくれた体験なのである。詩歌も小説も、あらゆるロマンの源としての「草はら」を、ひそかに思い出させる一首である。二〇〇二年刊。

2024/5/27

夕ぞらへざくろの花は朱を献ず梅雨神《つゆがみ》のためわが生《いき》のため

『悲神』雨宮雅子

万緑の候の紅一点として、古くから愛でられてきた「ざくろの花」の鮮やかな「朱」。初夏のころの湿りをもった「夕ぞら」に咲く花の朱の点描が見えてくるようだ。その鮮やかな朱色をふまえてであろう、「夕ぞら」に「献ず」と歌っている。そしてそこから一気に「梅雨神のためわが生のため」とたたみかけてゆく。「梅雨神」というのは作者の造語だろうか。梅雨という季節を司る神というほどの意にとらえていいのだろう。「献ず」「神」という言葉に、この作者がキリスト者であることを思い起こすが、おそらく「ざくろの花」の「朱」も「主」に通じているのだろう。「ざくろの花」から作者の夕べの祈りへと転回する言葉の流れがみごとである。そこから静謐な心の水位が伝わってくる。ちなみにキリスト教では石榴の実は再生と不死を願うシンボルであるという。一九八〇年刊。

2024/5/29

五月

冀《こひねが》ふ鳥のこゑ降る林なりひもじさこそ詩ひもじさこそ歌

『土と人と星』伊藤一彦

鳥たちは、その小さな体でどうしてあんなに大きく、高く鳴き声をたてられるのか。それは「冀ふ」ためである、とこの歌は告げているようだ。「冀ふ」とは強く願うことで、たしかに鳥声の響きにはこの言葉がふさわしい。なぜなら「冀う」は「乞う」と同義であり、「乞う」は「恋う」の語源ともされるからだ。鳥声の多くは伴侶を求めるものともいえるだろう。一首の冒頭に据えたこの言葉の厳めしい表情から、鳴く鳥たちの恋や運命が見えてくるようだが、作者はさらにそれを「ひもじさ」につないでいく。自然の中での鳥たちの飢えから、精神の飢えへと情景をすり替えていくのである。「鳥のこゑ降る林」はそのまま詩歌の宇宙となり、「ひもじさこそ詩ひもじさこそ歌」という宣言になっていく。自然の中での精神の飢渇こそ、詩や歌の源であるとすることの言葉の中には、若山牧水の存在がたしかにあるだろう。二〇一五年刊。　2024/5/31

戸口戸口あぢさゐ満てりふさふさと貧の序列を陽に消さむため

『架橋』浜田　到

日本の梅雨の季節に紫陽花の花が満ちる。雨でいちだんと藍色を深める紫陽花は、いわば庶民的な花だろう。以前はどこの家の小さな庭にも一本、二本あったものだが、家々の庭が車庫に変わった頃からは減ってしまったようだ。しかし『架橋』が刊行された昭和四十四年頃は、まさに「戸口戸口」に「ふさふさ」と球形の花が満ちていたものだ。「貧の序列」とは、「戸口戸口」という表現からもわかるように、小家がちの家が次々と並んでいる光景をいったものであろう。その「貧の序列」を「陽に消さむため」に「あぢさゐ」が咲き満ちるというのである。貧しい家々を「陽」に輝かせる「あぢさゐ」には、作者の「貧」に対する愛と祝福がうかがえる。透明な形而上的な視線が、そこに降り注いでいるかのようだ。

いま家々には、「あぢさゐ」の代わりに自動車が少し窮屈そうに並んでいる。『架橋』は一九六九年刊の遺歌集。作者はその前年に事故死した。

2024/6/3

紫陽花《あぢさゐ》の花を見てゐる雨の日は肉親のこゑやさしすぎてきこゆ

『大和』前川佐美雄

梅雨どきの雨はいやさらに鬱陶しいものだが、その中で咲く紫陽花はむしろ青や藍や水色が雨に映えて美しく、心がなぐさめられることが多い。小さな花が集まって球形をなす花が、いくつも咲き満ちる姿にも優しい雰囲気がある。それを眺めていると、「肉親のこゑ」が聞こえてきたのだという。幻聴というわけではなく、実際の声であったのだろうが、問題はその声が「やさしすぎてきこゆ」とあることだろう。何が「やさしすぎて」なのかはもちろん不明のままだが、この一語で歌の空気がざわめいてくる。「肉親」という存在が「やさしさ」とともに潜めている鬱陶しさ、息苦しさが、しだいに露呈されてくるようではないか。ましてここに歌われているのは、戦前の家制度の中の「肉親」である。「あぢさゐ」は、ある時は、優しくも重い日本の家族の姿を思わせる花であるのかもしれない。一九四〇年刊。

2024/6/5

兄妹《けいまい》の国の肇《はじめ》の景ならむ、螢火の中ふたりきりなる

『饕餮の家』高島　裕

「螢火の中」の「ふたりきり」の時間空間を、あたかも神話の世界のようにひっそりと閉ざした恋の歌である。二人を「兄妹」と言ったことも、「国の肇の景」にふさわしい初々しさがある。螢とともに恋を歌った歌は数多くあるが、「国の肇」にまで遡った歌はあまり記憶にない。この原初の時空への不思議な想像力は、おそらく螢に不可欠の夜闇がもたらしたものでもあろう。

　この歌の一連には「螢まで疾れ、闇夜をつらぬいて俺たちにしか見えない道を」という歌もあり、「俺たち」は街の喫茶店を逃れ出て、「見えない道」を走って「螢」に会いに行くのである。作者は帰郷して富山県礪波市に棲む歌人。その地から現代に向けて浪漫と批評性に充ちた歌を放つ。二〇一二年刊。

2024/6/7

池水《いけみづ》は濁りににごり藤なみの影もうつらず雨ふりしきる

『左千夫歌集』伊藤左千夫

明治三十四年の「藤」という章の中にある一首である。「亀井戸《かめゐど》の藤《ふぢ》も終りと雨の日をからかささしてひとり見に来《こ》し」という歌がこの前にあるので、藤は東京都江東区の亀戸天神社のものだろう。亀戸天神は現在も藤の花の名所となっている。左千夫はこの日、雨の中ひとり藤を見に来たのである。雨はどしゃぶりであったらしく、池の水は「濁りににごり」、「藤なみの影もうつらず」に降りしきっていたという。雨と池と藤の情景がありありと見えてくるみごとな表現力で、雨の季節になるとわたしの中にこの歌が蘇ってくる。それはたんに情景の印象深さのみではなく、にごり――うつらず――ふりしきると歌をつらぬく言葉の太い韻律感の魅力のためでもある。そしてその情景に重ねて、わたしの連想は太宰治に飛ぶのである。太宰はこの一首をノートに記していたというが、彼が入水自殺した一九四八年六月十三日の玉川の水も、降りしきる雨に濁りに濁って、その姿を太宰の目に映していたことであろう。一九二〇年刊。

2024/6/10

幕張のビルを消したる雨脚はいきほひづきてここさへも消す

『雨の葛籠』久我田鶴子

都市に降る雨をパースペクティヴにとらえた視界の大きさが魅力の一首。「幕張」という街については詳しい知識がない人もあろうが、千葉県の湾岸一帯を埋め立てて広げたこの街には、高い大きなビル群が林立している。また、幕張メッセなど大規模なイベント会場として、テレビなどに映される映像を記憶している人も多いだろう。いま、そのビル群を消して雨脚はいよいよ「いきほひづき」、ここの景色をも「消す」と歌われている。「ここ」とはおそらく作者の住居、遠景のビルと似たような高さの建物の一室であろう。そこから「雨脚」が「消す」情景を目撃している。幕張の、まさしく現代の映像的光景を、彼女の肉眼が裏返す（＝消す）というドラマがここに生み出されているのである。「雨の葛籠」という歌集には雨の歌が多い。「墓石のくぼみにひそと水を呑む大かたつむり　空が垂れくる」という印象的な歌もある。「大かたつむり」から「空」に広げるこの視線にも、同じようにドキュメンタリーなタッチが見える。二〇〇二年刊。

2024/6/12

六月

死者は使者　たしかにそうだ桐の花遠く揺らして風の吹きゆく

『燕麦』吉川宏志

「死者は使者」とふと言い出だし、すぐに「たしかにそうだ」と自分でそれを確認している。その思考の中身はつまびらかではないが、しかしこの言葉によって、作者の中には自問自答の時間があったことが容易に想像できる。巧みな切り返しというべきだろう。そこから一首は「桐の花」の情景に移ってゆく。桐は高木となる木で、初夏の頃に淡紫色の美しい花をつける。静かな雰囲気の花だが、背の高い木なので遠くからもよく見えるのである。その梢の桐の花が風に吹かれて揺れている光景を見つめつつ、作者の胸には親しい死者が遠い世界からの使者のように訪れていたのだろう。「ゆうぐれになれば見えくる電線に燕は黒き背《せな》を反らせり」とも歌っている。六月は死者が近づいてくる季節でもあるようだ。二〇一二年刊。

2024/6/14

食卓にぽつり置かれぬ「父の日」のユンケルローヤル黄帝液は

『本所両国』小高　賢

日本で六月の第三日曜日が「父の日」と言われはじめたのは一九五〇年頃からららしい。しかしその認知度は「母の日」には及ばないようである。父というものの存在感は、やはり母とは性質の異なるというべきか。ここでは父がユンケルローヤル黄帝液をプレゼントされたと歌われている。それも手渡しでなく、「食卓にぽつり」とあるので、おそらく朝起きてみると食卓に置かれていたということなのだろう。ユンケルローヤル黄帝液は、いうまでもなく栄養ドリンク剤だが、この名称のものはもっとも高価な一品とされている。手に取った父の苦笑が、そしてまた贈り手の娘（息子）のテレ隠しの愛情とユーモアが、鮮明に見えてくる。この食卓にぽつりと置かれた栄養ドリンク剤にこそ、現代の父の哀歓と、消費時代の一端が色濃く滲んでいるといってもいいのだろう。二〇〇〇年刊。

2024/6/17

夜の河のはぐれほうたる吸はれゆくＭＲＩの銀のドームへ

『西方の樹』秋山佐和子

歌われているのはＭＲＩ検査を受けている場面である。あの機器の中に閉じ込められた不安な、薄闇の時間の感覚を、「夜の河のはぐれほうたる」が「吸はれゆく」ととらえている。実際の体験ではあろうが、一首に夢幻のような雰囲気があるのは、「ほうたる」や「銀のドーム」という比喩によるためだろう。その時の「はぐれほうたる」とは、むろん作者のいのちの火である。おそらくＭＲＩの中で、作者は「夜の河」をただよい「吸はれゆく」自身の生命の火を、哀しむように、懐かしむように眺めたのである。蛍はいうまでもなく、古くから命や魂のシンボルであった。この歌ではそれを現代ならではの医療機器の時空に放って、じつに印象鮮やかである。この歌集には作者自身の病をふくめて、肉親の病と死が、そして挽歌が多く収められている。二〇二三年刊。

2024/6/19

卑しきことおもひしならずたふときことおもひしならず白き夏至の日

『鷹の井戸』葛原妙子

夏至――二十四節季の一つで、北半球の昼がもっとも長く、夜がもっとも短い日。太陽暦ではおおむね六月の二十一日頃である。わたしは自分がその頃に生まれたせいか、夏至にはなにか親密な気分をもっている。しかしこの歌のように、夏至の日の気分を明確に感じたことも、分析したこともなかった。この一首、結句に至るまで「おもひ」という言葉を繰りかえして、ぼんやりとした物憂い感じを漂わせているが、この「卑しきこと」と「たふときこと」という相反する二つの中間に、夏至の日の存在感があるというのであろう。いや、この中間こそ平凡な日常的時間というのであろうか。「夏至の火の暗きに麦粥を焚きをればあなあはれあな蜜のにほひす」という歌もある。長い、白い生の時間の象徴として夏至の日を記憶させた歌である。一九七七年刊。

2024/6/21

ひとの世に混り来てなほうつくしき無紋の蝶が路次に入りゆく

『蝶紋』安永蕗子

「無紋の蝶」の美しさが歌われているが、この歌自体、姿が美しい一首である。「蝶」は日本のみならず、西洋においても東洋においても、魂や死者のシンボルとされてきた。幼虫から蛹を経て蝶になるという劇的な変身の過程ゆえに、輪廻転生や復活のシンボルとなったのである。この歌の「無紋の蝶」も、別の世から「ひとの世」へ「混じり」来て、その美しさを保ったまま「路次」にまで入り込んでいくと歌われている。「ひとの世」の穢れにまみれることがないように飛んでゆくその姿は、すでに何者かの化身であるようだ。そしてそれが「無紋の蝶」であることも、かえって蝶の神秘性を感じさせるだろう。一頭の蝶を読者の目に鮮やかに刻印するこの言葉の力に、深く感じ入るのである。一九七七年刊。

2024/6/24

亡き人の思わるる夜や睡蓮がポンと咲きしと言いたりしかど

『どんぐり』大島史洋

二〇二〇年に出版された歌集『どんぐり』の巻末近くの「こわれた」という章の一首。歌意はわかりやすく、「睡蓮がポンと咲きし」と言ったけれど、わたしは「亡き人」のことばかりが思われる、と歌う。「睡蓮がポン」と言ったのは誰なのか、いやそれは自身の独り言なのかもしれないが、ともあれ「ポン」という言葉の弾む響きは、睡蓮の情景の明るさを十分に伝えてくる。あるいはそれは、「亡き人」がふいに蘇ってくる情景の比喩でもあろうか。死者と睡蓮とはイメージの上で重なりやすく、また結句には「言いたりしかど」という言葉の余韻もたゆたっているのだが、しかしこの歌にはどこか楽しげな雰囲気があるようだ。「こわれる」の中には「日本語がこわれる前に人間がこわれて私はこわれはじめた」とも歌われている。昭和十九年生まれの老いの予感と気配が、過ぎゆく時間の中で孤独に、そして少しの可笑しさを帯びて綴られている。二〇二〇年刊。

2024/6/26

木の精《すだま》、石の精に会はむとてわれら迂闊に山へ入りぬ

『饕餮の家』高島　裕

昨年の秋以来、東北を中心にして熊が人里を襲ったことがたびたびニュースになっている。山と里の状況に異変が起きているのである。気候変動や山地の切り開きの問題や獣たちの餌の減少など、原因はいろいろあるようだ。だがそれにもかかわらず、この歌にあるように、「われら」はしばしば「迂闊に山へ入」るのである。初夏は山開きの季節でもある。しかし「木の精、石の精」とは次元の違う現実が山中にはあることを、この歌は苦笑とともに伝えている。案の定、「われら」は虻に襲われ、激しい驟雨に襲われ、山を逃げ下りるのだが、その一連の終わりに「炎昼のダム湖の碧《みどり》ふかぶかと吾妹よわれの羊水を見よ」とも詠んでいる。「ダム湖の碧」を「われの羊水」として見つめる眼には、現実をふまえた上での自然に対する浪漫がたしかに潜んでいるだろう。二〇一二年刊。

2024/6/28

東京の青空狭し　電線は黒い結界と思う七月

『終楽章』笹　公人

「東京に空が無い」と言ったのは、高村光太郎の妻の智恵子だが（『智恵子抄』「あどけない話」）、それから百年近く経った東京の空を作者はこう歌う。七月の晴れた空であっても、やはり「狭し」というのである。しかもその狭い青空をさらに細かく電線が区切り、まるで張り巡らされた「黒い結界」のようだというのである。「結界」という言葉に、作者の感じているシニカルな東京観があらわれているだろう。この歌は「伝承されない民話のように」という章の一首目だが、都市東京にも内と外を区切る新たな伝承があるようだ。また次には「予定地に光の柱のぼらしめ宗教画めくマンションチラシ」とも歌われていて、先の「結界」と同様に「宗教画」がすでにパロディ化されている。まさしく現代都市にも聖と俗の空間が日々生まれているというのである。四十五歳になった「念力少年」が日常という現実に歌をもって立ち向かうと帯文にあるが、「終楽章」というタイトルが胸に響く歌集である。二〇二二年刊。　2024/7/1

七月

掌に取れば脳やわらかし遠き森に幾筋の束なして光は落つる

『やぐるま』永田和宏

実験室での仕事の場面であろう、科学者としての作者がここにいる。掌に取った「脳」は動物の脳なのだろうか。それが「やわらかし」という表現はまさしく研究者の手触りを感じさせるが、同時にその「やわらかし」という触感が、一首全体に血を通わせていることも明らかだろう。つまり、「脳」から「森」へのイメージの転回を、ごく自然に無理なく結ばせるのである。

科学に無縁の者の想像に過ぎないが、そもそも脳と森はどこか似ているのではあるまいか。わたしの故郷には椎の樹が多く、初夏の若葉の頃には森や山がむくむくと盛り上がり、その形態も色もヒトの脳によく似ている。また、森の内部に入ってみると、歌われているように木々から「幾筋の束なして光」が降り注いでいて、それも何か脳の内部を思わせるのである。掌の脳から遠い森へと、科学者のまなざしが歌人の森へと深く入り込む。その密かな変位をたどることも、この歌人を読む愉しみのひとつである。一九八六年刊。

2024/7/3

みづからを思ひいださむ朝涼し　かたつむり暗き緑に泳ぐ

『紡錘』山中智恵子

雨のあがった朝であろうか、「朝涼し」という言葉が、まさしく清涼感のある初夏の季節感を伝えてくる。その感覚を通して、「みづからを思ひいださむ」と新たな自らを見出だそうとしているようだ。目の前には「かたつむり」があたかも眠りから目覚めたように、葉の上をゆっくりと動いている。「泳ぐ」といったのは、その這う様子をとらえたものだろう。かたつむりは、陸に棲む巻貝の一種だが、でんでんむしとかまいまいとか呼び名もさまざま。独特な形態や動きの面白さから子供にも大人にも人気があり、童謡や『梁塵秘抄』などによってもよく知られている。また湿気を好み、乾燥期には殻の中に閉じこもってしまうことから、歳月や記憶を眠らせている生き物と喩化されることもある。この歌のかたつむりも、「みづからを思ひいださむ」や「暗き緑」という言葉と重ねられることによって、何かの象徴性を帯びているようだ。作者の中には、目の前のかたつむりとともに、自らの内に眠っていた時間が動きだしたのかもしれない。一九六三年刊。

2024/7/5

真菰もてつくれる馬を彦星の今宵の料《れう》と庭に並べぬ

『鏡葉』窪田空穂

七夕馬《たなばたうま》の歌である。ふと目に止めたこの歌は、わたしの幼い頃の記憶を懐かしく蘇らせた。七夕馬とは東北や関東地方の農村の七月七日に行われた習俗で、真菰でつくった馬を台に乗せて子供が曳き、早朝の草を刈りに行くのである。朝露の草野の空気は清しく、七夕というと笹飾りよりこの行事の方がわたしには愛着がある。空穂は旅先でこの光景に出会ったらしく、「ここにて旧暦の七夕祭に逢ふ、彦星の料とにか、真菰もて造れる小馬を庭に立てたり、珍らしく、おもしろくて」と詞書きがある。牛・馬の無事と、豊作や子の成長を祈るこの習俗は、昭和の中頃までつづき、とくにわたしの生地の千葉県では八月七日の七夕として盛んであった。稲作が機械化されてそうした習俗も滅びてしまったが、真菰馬と夏草とが並んで七夕の彦星の光に照らされている情景は、いま思い返しても詩的で美しい。自然というものに対して、今より畏敬も幻想も深かったのである。一九二六年刊。

2024/7/8

透明な螢の血をもつかそけさよ七夕笹に子は隠れたり

「一夏」米川千嘉子

七夕の笹飾りを家でつくったのだろうか、あるいはよそに飾られてある七夕飾りを目にしての歌だろうか。作者はおそらく初めて子を持った若い母なのだろう。子供はまだ幼く、あたかも「透明な螢」と同類のように、笹の中に隠れてしまうような「かそけさ」に見えると歌われている。そういえば、蛍狩りには笹の一枝をもって行き、蛍をとらえようとしたものだった。そんな記憶もあるように、笹に蛍はふさわしい。いずれも一夏のはかない存在というべきものだが、母にとっては、笹の向こうに隠れた幼い子の生命にも一瞬同じ感覚を、「かそけさ」を抱いたのだろう。「なぜ、母は母としての生を、つなぎ続けてきたのだろう」と、歌集の帯文にあるが、子の生命も、母になった記憶も、ふっと消えてしまう危うさを意識しながら、しかしそこに一点「血」の現実感を交えたところに、現代の母親としての意識があるのかもしれない。一九九三年刊。

2024/7/10

七月

耳の奥に飼うかたつむり朝窓を打ちはじめたる雨をよろこぶ

『非在の星』 久々湊盈子

歌われている「かたつむり」は、むろん人の内耳にあって聴覚を司る感覚器官の蝸牛管のことである。そうわかっていても、歌の中に収まっている「かたつむり」に生き物の蝸牛を感じてしまうのは、下句の鮮やかな情景表現のためであろう。「朝窓」を打つ「雨」の音がたしかに聞こえてくる。「耳」から歌い起こされて、最後に「雨」の音を聞かせる言葉の流れも心地よく、さらにその雨を聞く「よろこび」が反転して、あたかも耳の奥に「かたつむり」を飼っているような幻想性をもたらしているのである。歌集名にちなんで言えば、非在の「かたつむり」であろう。この歌の近くには「葉隠れにいちじく熟れて列島に湿舌ひたひた伸びてくるなり」という一首もあるが、ここでも「葉隠れ」「湿舌」という言葉や、「熟れて」「伸びて」という動きが、日本の梅雨の情感を新しく塗り直しているようだ。二〇二三年刊。

2024/7/12

母ありて帰る故郷　ひるがへるつばめよつばめ父のまぼろし

『真水』外塚　喬

父母への思いが直截に歌われ、愛唱性をもっている一首である。父はすでに逝去し、母のみが生きている故郷であるが、しかし「母ありて」こそ「帰る故郷」なのである。とくに個別的な事情が歌われているわけではない。むしろその意味のわかりやすさが歌の強みでもあろう。「母ありて帰る故郷」という冒頭から、その後の「ひるがへるつばめよつばめ父のまぼろし」まで、詩句のすべてに歌謡性があって、口ずさみやすく、覚えやすい。また選ばれた言葉自体も、「父」「母」「故郷」「つばめ」「まぼろし」とわかりやすく、それらが混然一体となって、率直でストレートな情感を生み出している。そうして、確かな母の在所と、まぼろしの父が密かに交錯しているところに、濃い抒情性がひるがえってもいるだろう。「つばめ」と喩化されている父は歌人の外塚杜詩浦。二〇〇〇年刊。

2024/7/15

七月

師も父も母も知らざるこの雪を踏みてわが立つ天に間近く

『梟』来嶋靖生

二〇〇七年七月、作者はスイスアルプスの登山の旅をする。この歌の後にはベルニナアルプスの歌がつづいているので、これはその雪渓を登っていった時の一首であろう。調べてみると、ベルニナアルプスには三〇〇〇メートル級の険しい山群がつづくとある。作者はそのうちのどの山を登ったのかはわからない。だが、「天に間近く」という言葉に端的にあらわれているように、雪を踏みながらようよう頂に立った高揚感が鮮明に読者に伝わってくる。さらに、「師も父も母も知らざるこの雪」とあることも、頂の雪をいままさに踏んでいる熱い興奮を直接に伝えてくる。「師」というのは、歌の師であり、同じく登山を愛した窪田空穂のことであろう。おそらくこの時の来嶋の胸には、空穂の一首である「槍ヶ岳そのいただきの岩にすがり天の真中に立ちたり我は」が、蘇っていたことであろう。二〇〇九年刊。

2024/7/17

何処《いづく》とはさだかにわかねわがこころさびしき時に溪川の見ゆ

『さびしき樹木』若山牧水

「大正七年七月」の中の「溪をおもふ」という一連の一首。何処かはっきりとはわからないが、心がさびしいときに「溪川」が見えてくるという。抽象的な心を歌ったものだが、歌の前には「身の故にや時の故にや此頃おほく溪をおもふ」という言葉があり、歌意はここからもわかるだろう。「何処とはさだか」ではないが、それほど多く「身」も「時」も「溪」をさまよってきたというのである。生涯を旅に生きた歌人の、山水との深い結びつきを十分に思わせる。この一首の次には「巌が根につくばひ居りて聴かまほしおのづからなるその溪の音」の歌がつづき、そこに「溪を思ふは畢竟孤独をおもふ心か」という言葉が添えられている。牧水の「溪川」と「孤独」が、人生という旅の幻影をつくり出す秘密を知らせているようだ。水の流れとその行方は、誰の心をもとらえて放さない。一九一八年刊。

2024/7/19

水没の睡蓮花さへ赤々とみづにつらなりうつくしくある

『珊瑚数珠』森岡貞香

睡蓮の咲く池が庭にあったことから、わたしにとってこの花は幼い頃から身近な、親しい花であった。それゆえにこの歌は目に止めた時から忘れがたい一首となった。なぜなら「水没の睡蓮花」と歌われているからである。水の中で咲いている花ということだろうか。睡蓮は根や茎や蕾はたしかに水中にあるが、花は水に浮いて開く。ほかりと葉と花冠を水に浮かばせる景色は清らかで美しいが、「水没」して咲いている花をわたしはまだ見たことがない。「みづにつらなり」ともあるので、あるいは水面の花の情景をそう表現したのかもしれない。しかし、この「水没の睡蓮花さへ」という詩句の、とくに「さへ」という言葉の魔術によって、情景が幻想性を強めたことは明らかだろう。水中に赤々と連なって咲いているという幻の睡蓮が、わたしにたしかに見えてくるのである。一九七七年刊。

2024/7/22

浄からぬ肉体《ししむら》持てば月光の晶《すず》しき砂漠にわれは入りゆく

『風紋の島』三井　修

砂漠という地を映像でしかわたしは知らないが、砂漠にも季節の移り変わりのようなものはあるのだろうか。この歌は、作者が再び駐在することになった中東のバハレーンでのもの。季節は夏であるらしいが、この歌のある一連を見てもとくに季節は感じられない。あるのは「砂降る」「砂飛ぶ」「泣き叫ぶ砂」「降砂」などという、まさに砂の情景が際立つ言葉ばかりである。しかしそれは夜には「月光の晶しき砂漠」に変わるのだという。いったいどんな輝きと翳りをもつ景色なのかと想像するだけでも幻想的だが、作者はその「晶しき砂漠」を前にして、自らを「浄からぬ肉体」と呼ぶ。そしてその肉体を、砂漠が浄化してくれることを願っているかのようである。つづいて「泣き叫ぶ砂と思えりわれもまたその一粒か　故郷遠く」という歌もある。異なる風土の異なる自然と、自らの肉体や感覚や生の観念とがぶつかり、軋み、揺れる。その時に歌という抒情の形式が生まれることを、わたしは心に深く受け取っている。二〇〇二年刊。

2024/7/24

七月

どんよりと曇りて目鼻なき空が坂の上《へ》のわが家に触るるまで垂る

『紅』河野裕子

どんよりと一面に曇った空がわが家に触れるほどに垂れている、と歌われている。家は「坂の上」にあるというので、よけいに空が近いのだろう。「目鼻なき空」という言葉の面白さはあるが、しかし情景以上の何かを伝えている歌ではない。『紅』の中の、このような日記風の歌がわたしの心を惹くのは何故なのか。それはこの歌がわかりやすい事柄や情感を歌っていないからだ。逆にこの一首には気配というか、過剰なエネルギーが籠っていることは確かだろう。どんよりと曇った空が「わが家」の上に垂れるというのは、いわばありふれた日常の一情景にすぎないだろうが、その空が「わが家に触るるまで」とあることが読み手の心を動かし、さらに「目鼻なき空」という言葉と呼応しはじめるのだ。おそらく、平凡な日常性という枠組に自らの歌=言葉をはめ込むだけでも、私性という肉体は狂気を孕む。河野の歌には、あちこちにそうした狂気が見えている。一九九一年刊。

2024/7/26

おほははの母音のひびきゆるやかに蛇行してくる熊野川原《かははら》

『ねむりの果て』小谷陽子

熊野川は奈良県、和歌山県、三重県にわたって流れる一級河川。下流の流域には熊野本宮大社や熊野速玉大社がある。この歌は「紀の国」という一連の中にあるので、熊野本宮大社のあたりの川原でのものだろう。熊野川の川の響きを「おほははの母音のひびき」と歌って、熊野川に〈母なるもの〉の時間の古さと豊かさを感受していることは明らかだろう。川の響きはあくまでも「ゆるやかに」、しかも作者の方に「蛇行してくる」とある。あたかも「母音のひびき」が「ゆるやか」な川の「蛇行」を導いているかのようだ。そうして自然の風景と言葉の源を結ぶところに、この作者の世界観があるのだろう。「川上に人のものいふ息の緒の紺のつゆ草しろがねの鳥」という歌でも、川上に「ものいふ息の緒」を聞き取っているが、「紺のつゆ草」と「しろがねの鳥」もまた、その息の緒のあらわれだろうか。二〇一九年刊。

2024/7/29

丘の上を白いてふてふが何かしら手渡すために越えてゆきたり

『迦葉』山崎方代

白い「てふてふ」が、「何かしら手渡すために」丘の上を越えて行ったと歌われている。「何かしら」の中身は告げられていないが、白い蝶々が手紙であるかのように、あるいは誰かの言づけを伝えに行くかのように見えたのであろう。蝶々には、古くからメッセージをもたらすものというイメージがあるようだ。この歌の蝶の情景には明るさとともに、寂しげな雰囲気がただようが、それは蝶の白さの故なのか、あるいは丘を越えて行ったことによるものなのか。方代は一九八五年のこの年、入院や通院を繰り返し、八月に再び入院して後、十九日に死去している。この一首はおそらく病床の作であり、いのちの終焉を十分予感してのものであろう。それゆえ、方代の見つめているこの「てふてふ」には、自らの魂を誰かに「手渡す」という思いが込められていたのかもしれない。その思いが白い蝶となって丘の向こうへ越えて行く姿が、わたしの目に焼きついて離れない。一九八五年刊の遺歌集。

2024/7/31

八月二日ゆふまぐれみんみん鳴くただひとつ鳴く入日にむきて

『つきかげ』齋藤茂吉

齋藤茂吉には日付の入った歌が少なくない。これは「強羅雑歌　昭和二十四年七月十九日より」と付された章の一首。茂吉は昭和二十二年に疎開から帰った後、年中行事である夏の箱根山荘暮らしを復活し、この二十四年は七月十九日から九月十五日まで滞在したが、ここで百二十八首の大作を作りあげている。戦後の夏の日々の、茂吉の鬱々とした心境が底ごもる声となって歌われているが、この一連にはまたみんみんや蜩や油蟬など多くの蟬声が寄り添うように響いている。「八月二日ゆふまぐれ」に、「入日にむきて」鳴く蟬の声は、「みんみん鳴くただひとつ鳴く」と繰り返されながら淋しげだが、それは茂吉が自身の姿をそこに見ているからでもあろう。一首のしらべをぽつぽつと切っていることも何かはかなく、このはかなさが茂吉の生の息遣いとして響いてくる。しかしこの数首前には、「くろぐろとしげれる杉のしたかげにいまだも清き未通女《みつうぢよ》のこゑ」という歌もある。未通女とは処女のこと。茂吉は蟬の声ばかりを耳に止めていたわけではないのである。『つきかげ』は昭和二十九年（一九五四）、茂吉の死の翌年の刊行。

2024/8/2

おほいなる天幕のなか原爆忌前夜の椅子らしづまりかへる

『一脚の椅子』竹山　広

今年も原爆の日が来る。六日の広島と九日の長崎で行われる原爆忌慰霊式の模様を、多くの人がテレビ映像で見つめる。八月の暑い陽射しの下の白い天幕や、平和の火、平和の鐘とともになされる平和宣言の情景である。しかしここに歌われているのは、その式典ではない。その前夜、まさしく「原爆忌前夜」の情景で、明日の原爆投下のその瞬間を待つかのような「天幕のなか」の「椅子ら」の情景である。「しづまりかへる」「椅子ら」は、異変が起こる前の不吉な予感を帯びるかのように並び、と同時にそれはあたかも原爆が投下される前夜の市民たちの姿をも浮かび上がらせる。現実の虚を突いたような怖い視点だ。作者の竹山広は二十五歳の時に長崎で被爆、同じく被爆した兄を探して爆心地をさまよった体験を、生涯かけて多くの歌に遺している。「わが知るは原子爆弾一発のみ一小都市に来しほろびのみ（『遐年』）」と、平明なかつ端的な言葉で人類の「ほろび」を歌うのである。一九九五年刊。

2024/8/5

風出てきらきら降りくる伝単《でんたん》を少年は摑むジャンプして取る

『司会者』篠　弘

「伝単」とはビラのことだとこの歌で知った。敗戦の気配がいよいよ濃くなった昭和二十年の夏、日本の空に降伏をうながすビラが米機からばらまかれた。この歌はその記憶を詠んだもので、「少年」とはおそらく篠弘自身である。篠は昭和八年生まれ、当時十一、二歳であるが、その日の記憶は一つの異常な光景として、七十年経った今でも鮮明に生きているのだろう。「風出てきらきら降りくる」という映像を背景に、「少年」はその空から降ってくる「伝単」を、何かの光のように、憧れのように「ジャンプして」取ったという。戦時下ではありながら、つねに未来を目指す「少年」のいきいきとした心が見えてくる。次には『『ツルーマン』の宣言告ぐる伝単に敗戦迫るを少年は知る」という歌がつづき、少年の体験した敗戦が鮮やかに記録されている。二〇一九年刊。

2024/8/7

八月

死者たちの群れを見下ろし苦しげに戦ぐ日の丸真夏幻影

『日の丸』渡辺幸一

作者は長いイギリス移住生活の後に、現在はイギリス国籍を持つ歌人である。移住とともにはじめたという歌を通して、欧州の一隅から日本を鋭く見つめ返す。この歌では「真夏の幻影」として、「苦しげに戦ぐ日の丸」を浮かび上がらせている。八月の日本における戦死者慰霊の行事に思いを馳せての「幻影」であろうが、「死者たちの群れ」を見下す「日の丸」の「苦しげ」な姿は、国というものの意味をあらためて問い返してくる。「イギリスに住み、英語で仕事をしながら、私にとって、母国語である日本語は、今もなお足許を照らす光であり、思索を切り開くためのメスである」と「あとがき」に記している。母国語としての日本語と、それによる歌という形式への深い思いが心に響く。さらに一首、「生き難き異土に生き来ぬ胸深く我には我の日の丸ありて」。二〇〇四年刊。

2024/8/9

迎へ火の今年のほのほ澄みとほりさびしきものが火の中に燃ゆ

『流離伝』成瀬　有

八月（あるいは七月）の十三日から十六日にかけ行われる盂蘭盆会。これは十三日の夜門口に苧殻を焚いて先祖の霊を迎え、供養をし、十六日に送るという行事だが、この日には家族が揃うという習慣が日本には根づいている。この一首では迎え火を焚いて、その「ほのほ」が「澄みとほり」とあるので、火それ自体が清らかに見えているのだろう。この「ほのほ」の情景は、しかし下句では「さびしきもの」が「火の中に燃ゆ」という抽象的な表現に変わる。「さびしきもの」とは何か。それは、ただひたすら魂そのものと化した存在への思いであり、またそれを「火」によって「迎へ」ているることへの思いであろう。「今年」という限定にも思いの格別さが見える。死者と生者では、いうまでもなく生者の方が寂しい。作者はその寂しさを燃える火の中に見つめているのである。盆という行事は、ときに慣習を超えて、死者が生きている者に何かしらの啓示を与えるもののようだ。二〇〇二年刊。

2024/8/12

八月

ふるさとは光る腕《かひな》で抱き寄せて耳許近く秘め事をいふ

『弔父百首』平出　隆

帰省した折の「ふるさと」という感覚を言葉にしたものであろう。「ふるさと」をまず「光る腕」と神話のように人格化して、その腕で「抱き寄せ」られ、「耳許近く」で「秘め事」をささやかれるという。まさに「ふるさと」という懐に抱かれている感触だが、言葉のつくるイメージは秘めやかで美しい。また、抱くや秘め事などというエロスのこもった言葉ほどには情緒が濃くならず、あっさりした印象なのは、言葉が絡まないその文体のせいでもあろうか。作者である平出隆は詩人であり、この時はじめて歌をつくったと歌集に記す。そこにはまた、父の最期という「差し迫った状況で大切な瞬間を留めるために、短歌の形式が力をもつかと気づいた」とも書かれている。故郷での看取りの夏の日々を記録する百首であるが、その中には「死に給ふ人はありつつ柔らかきふるさとの胸と口をひた吸ふ」という一首もあり、「ふるさと」は平出にとって身体そのもののようである。二〇〇〇年刊。

2024/8/14

またひとり顔なき男あらはれて暗き踊りの輪をひろげゆく

『滄浪歌』岡野弘彦

盆踊りは平安時代に空也上人によってはじめられた念仏踊りがルーツであるという。その後鎌倉時代に一遍上人が盆踊りとして全国に広め、しだいに民俗芸能の意味合いが濃くなって今日に至っているらしい。盆踊りの多くは十五日の夜、先祖の霊を送る最後の供養として行われてきたもの。この歌では輪になって踊るという素朴な情景が見えてくるが、そこにしだいに「顔なき男」も加わって「輪をひろげゆく」と歌われている。「顔なき男」とは戦争で命を落とした作者の友人、知人の霊なのであろうか。「顔」がないという存在にはやはり不気味な闇の深さがある。「夜の更けの盆の踊りにひたひたと影ふえくるは戦死者の霊」という一首もあり、ここではさらに具体的な「戦死者の霊」である「影」が歌われている。ひるがえって思えば、今日のイベント化した盆踊りには、生者のエネルギーばかりが充ちて「影」はほとんど感じられない。今日「影」との共存は、どうやら嫌われているようである。一九七二年刊。　2024/8/16

八月

竹煮ぐさしらしら白き日を翻《かへ》す異変といふはかくしづけきか

『橙黄』葛原妙子

竹煮草は日当たりの良い荒れ地などに繁り、白い細かい花を多数つける。この歌は「停戦」とある三首につづいて「そのあした」とある四首中の一首。葛原は、太平洋戦争の末期、浅間山麓の沓掛に疎開していて、その地で敗戦を迎えた。しかし「敗戦が実感となるのにまだ遠し先は考へむ飲食《おんじき》のこと」とも歌われているように、信州の山麓の景色に変化は見えず、まずは今日の食料が関心事だったのであろう。その中で「竹煮ぐさ」の、むしろ不吉なばかりの「しづけき」景色を、その「しらしら白き日を翻す」酷薄な景色を目にする。その時「異変」という言葉が閃くように響いてきたのだろう。「異変」という意味は、（また敗戦を「停戦」といった意味も）明確ではない。しかし、この「異変」という一語で、一首全体が怪しくざわめいてくるのは確かだ。目に見えない「異変」が人の心を襲う時、目の前の風景も、また言葉も、尋常でない緊張と殺気を孕むということであろうか。いやそれ以上に、「竹煮ぐさ」がこの世の滅びを告知しているその「しづけさ」こそ、「異変」と感じたのであろうか。一九五〇年刊。

2024/8/19

焼跡に杙《くひ》のごとくに立つ少女吾敗戦の日の白黒写真

『不穏の華』富小路禎子

平成八年（一九九六）に出版された『不穏の華』の掉尾に置かれた一首。年号が平成に変わってしばらくして出版されたこの歌集に、昭和を振り返る歌が多く収められている。富小路の一生は、まさしく昭和とともにはじまり、昭和の中で生きて、老いたといえるだろうか。「線香花火の脆き火、夜空の焼夷弾、父母焼く火、昭和のあの火この火よ」ともあるが、とりわけ華族の家柄に生まれ育った者にとって、戦中戦後の日々の「あの火この火」は、惨く苦しい火であったことは想像に難くない。この一首は、敗戦の日に写した一葉を見てのものであろうが、「焼跡に杙のごとくに立つ」「少女吾」の姿が、読む者の目にまざまざと焼きついてしまう。痩せた「杙」が呆然と立っているようにも、何かを必死で留めようとしているようにも見える。昭和元年から数えてまもなく百年経つ現在、われわれは果たしてどのような姿で立っているのだろうか。一九九六年刊。

2024/8/21

八月

クバの葉を被りて雨をやり過ごすジャングルの白い雨闇《あまやみ》のなか

『捜してます』田村広志

作者は一昨年（二〇二二年）、父の遺骨捜しを中心に据えた歌集を出版した。この一首は掉尾の「沖縄にて——遺骨を捜す」という章に置かれたもの。むろん作者の遺骨捜しは一回のみのでなく、ここ数年にわたってなされており、リアルに詳細につづられたその遺骨採集体験記は、戦争というものについての手触りと意味を、読者にあらためて問うものとなっている。この一首はその作業中に雨に会った場面だろう。鬱蒼と茂ったジャングルを襲った激しい雨を、「白い雨闇」と鮮やかに表現する。「クバの葉」とは沖縄での呼び名で、和名ではビロウのこと。緑濃い大きな葉だが隙間がある葉なので、これで雨がしのげるかとも思うが、その葉で雨を防いでいる姿は何か明るくて、救われる気がする。「七十五年見つからないけど遺骨なる親父は何の架橋だったか」と次の歌にある。作者は父の顔はおろか、「記憶も匂いもいっさいない」と記す。己のルーツとしての戦争を暴く歌集であろう。二〇二二年刊。

2024/8/23

ねむりゐるわれのからだにほのかなるにほひのありて我は近付く

『斧と勾玉』内藤　明

不思議な歌である。「ねむりゐるわれのからだ」に「我は近付く」とあり、その中間に「にほひ」という言葉がある。あたかも眠っている自分の身体の匂いを、自分が嗅ぎに近づいていくようである。結句まではすべてひらがな書きで、そのことがまたゆめうつつ状態を強めているだろう。この歌は「全身麻酔」という章の中の一つと知れば、一応の納得はするのだが、しかしそうであっても歌の魅力は衰えない。

アンリ・ルソーの絵に、「眠れるジプシー女」という一枚がある。白い月が照らす夜の砂漠の砂の上に、黒い顔をした女が身を横たえて昏昏と眠っており、その女の身体を大きなライオンが嗅いでいる絵である。ライオンは危険な感じではなく、むしろ親和的な一世界をつくり出している。唐突ながら、内藤の一首にこのルソーの絵が浮かんでくるのである。絵と歌のどちらにも、生とも死ともつかない静寂な時空があり、何よりそこに身体の「にほひ」が共通してある。この一首の前には「デタラメなにほひだ　たぶん脳髄に巨大な桃が漂うてゐる」という歌もあり、歌集には「にほひ」が多出する。おそらく「にほひ」は、内藤の歌のロマンとエロスの湧出点なのであろう。二〇〇三年刊。　2024/8/26

暁やみにゆり起こしくる顔ありきわれより若し母と名乗りて

『荒地野菊』百々登美子

暁の闇の中に「ゆり起こしくる顔」があった。自分より若い顔である。そして「母」と名乗ったという。暁の暗さの中の夢であろうが、不思議な雰囲気がたゆたっている歌だ。一首は「顔ありき」で一度切れ、その後の「われより若し」でもう一度切れる。その切れが、覚醒のさだかでない頭脳の記憶の断片を思わせながら、最後には「母と名乗りて」と結ばれている。歌の不思議な雰囲気は、そうした名乗りによっても不確かさがかすかに残っていることにあるだろう。つまり、作者は「母」の顔を知らないのだ。歌集を読み進むと、「七十三年前に逝きたる母の顔われに残ると夏のなぐさめ」という歌があって納得するのだが、自身の顔に見知らぬ母の顔が残るということを、「なぐさめ」と収める言葉の深さに、さらに心を打たれることになった。二〇二〇年刊の遺歌集。

2024/8/28

人さし指つかみ離さず死に場所をえらぶことなき衰へし蟬は

『真珠層』梅内美華子

夏の終わりは、また多くの蟬の死を目にする季節である。地に仰向けになっている蟬に手を触れると、まだ生きていてジジと鳴いたなどという経験は誰にでもあるだろう。ここに歌われている蟬は、いのちの衰えた証拠に、作者の指をじっとつかんで動かない。蟬の脚につかまれている指のこそばゆさは、まさしく残りのいのちの感触だが、作者はそれを愛しんでいるようでもある。死を予感するのは人間のみであるという。それゆえ、蟬が作者の指を「死に場所」にえらんだことに悲哀を感じているのは、作者が人間であるからだが、それにしても歌に流れている涼しげな哀しみは読者の胸にも沁みる。「人生は『あの日』を積みてゆくものかスクランブルに熱風くだる」とも歌われている。この歌集の背後には、多くの死に出会った歳月があるようだ。二〇一六年刊。

2024/8/30

八月

麦縄《むぎなは》といふ古き名を思ひつつ初秋《しよしう》の熱きうどんを食へり

『渾円球』高野公彦

「むぎなわ」を辞書に引くと、索餅《さくべい》のこととまず出てくる。索餅とは小麦粉と米の粉を練って、縄の形にねじって油で揚げた唐菓子の一種であるという。「むぎなわ」の二つ目の意味は饂飩または冷麦のこととある。ここでは二つ目の意味につかわれているようだが、ともあれ風情のある良い言葉である。この作者は言葉へのこだわりが深く、古い言葉や忘れられた言葉を発掘し、その意味や趣を蘇らせる名手である。いま作者は麦縄という言葉を思い起こしつつ、「初秋の熱きうどん」を食べているのである。夏の暑い盛りを過ぎて涼風を感じはじめると、「熱きうどん」が欲しくなるという身体の季節感が鮮やかに歌われているが、さらに言えば、初句に据えたこの「麦縄」という一語によって、「うどん」を食べる行為に季節以上の豊かな味わいがもたらされていることも確かだ。それはおそらく、「麦縄」という言葉に、日本人の郷愁の源である、麦と米が隠されているからだろう。二〇〇三年刊。

2024/9/2

耳に髪かけてわれとふ蟬穴にからりと秋の朝をとりこむ

『タイガーリリー』尾﨑朗子

「蟬穴」とは蟬が地中から抜け出た穴のことだが、これを「われ」だという。ユニークな比喩だが、さらにこの「蟬穴」は「耳」の比喩でもあるようだ。そしてその「耳」の穴に「秋の朝をとりこむ」といい、季節を感じとる爽やかな身体感覚を巧みに表現する。「耳」といっても「とりこむ」のは音ではなく、「からり」とした「秋の朝」であることも明るさにつながっているようだ。わたしはふと、この髪の毛を耳挟みした作者の姿に、『堤中納言物語』の中の「虫めづる姫君」を思い浮かべたりするのだが、歌集名の「タイガーリリー」とは『ピーターパン』に登場する元気な女の子の名（「あとがき」）とあるので、大きく外れてはいないだろう。ともあれ一首は、「蟬穴」と「われ」と「秋の朝」とを結んで、いきいきとした生の感覚を響かせている。作者は前の歌集でも「手のひらに納まる小さき観音と思ひて抱く蟬のうすはね」という印象深い歌を詠んでおり、「蟬」に関して独特な感性をもっているようだ。二〇一五年刊。

2024/9/4

秋の雨あがった空は箱のよう林檎が知らず知らず裂けゆく

『空白』江戸　雪

秋の雨のあがった空を「箱のよう」という。ユニークな比喩である。それはどこまでも広がった空というのでなく、硬く、形のある空間の感じなのだろう。また「林檎」という言葉から林檎箱のイメージを呼び起こし、香しい空間をわたしに感じとらせもする。あの林檎を入れる木箱はこのごろあまり目にしなくなったが、そこには林檎ともみ殻が詰まっていた。さて問題は、その林檎が「知らず知らず裂けゆく」と歌われていることである。林檎が実るにしたがって身が「裂け」ていくことなのだろうが、実るといわず「裂けゆく」というところが独特だ。雨あがりの秋のきりりと澄んだ空気感が鋭く身体に沁みとおり、さらに一転して林檎の中身までを透視させている。むしろん「林檎」は自分自身であろう。ここで歌集名が「空白」という言葉であることを思い出したわたしは、この一首には、空＝殻《カラ》、身＝実《ミ》という言葉のドラマが隠されていることも、ひそかに見出だすのである。二〇二〇年刊。

2024/9/6

如意棒にほつほつほつとおひさまが置かれ列島けふ菊日和

『秋袷』青木昭子

言葉の面白さによって記憶している歌である。「如意棒」とはご存知『西遊記』の孫悟空の持ち物で、自在に伸縮させて扱うことのできる架空の棒である。この如意棒が出てきただけでも心が弾むが、それに「ほつほつほつとおひさまが置かれ」とあることで、いよいよ物語性が濃くなる。「ほつほつほつ」とあるのも「ほつ」なのか「ほっ」なのかわからず、「おひさまが置かれ」という状態もはっきりしないのだが、それもこれも「如意棒」の世界と見ればなお楽しい。あるいはこれは、テレビの天気予報士の棒なのかもしれないが、そうして「おひさま」は動いて、「列島けふ菊日和」と言葉は着地する。まるで「如意棒」の力で列島に気分のよい秋が来たようではないか。折から今日は重陽、菊の節句の日である。秋の歌では「紫蘇の花ひつそり咲いて秋まひる淋しくて死んだ人はあらずも」という歌もあるが、ここでは秋のこの世の淋しさをからりとした空気として伝えている。二〇一三年刊。

2024/9/9

九月十一日、展覧会の内ふかくしずもるゴッホの瞳を思う

『雨の日の回顧展』加藤治郎

このごろは展覧会で画家の回顧展を気軽に見ることができる。思えば時空をたやすく超えられる不思議な時代である。この一首はそこで見たゴッホの自画像への思いを歌ったもの。「九月十一日」とあるので、この日にちにもゴッホとの関わりがあるかと思ったが、たんに会場を訪れた日であるようだ。ゴッホの死は一八九〇年七月二十九日である。ゴッホの自画像は数多くあるが、ここに歌われている「ゴッホの瞳」はどの絵のものだろう。緑色がかった瞳の暗いゴッホの顔がさまざま思い浮かぶが、いずれにしてもその絵は「内ふかくしずもる」とあるように、周囲の空気をしんと鎮める力と気配をもっていたのだろう。この歌のある「黄色い家」の一連には、「耳」の一首の「ふれたなら幼い耳であるようにとれそうなノブ、ふれたのだろう」もある。ゴッホの耳といえば、狂気の末に切り取った包帯姿の自画像が有名だが、ゴッホにとって「瞳」や「耳」は、過敏で壊れやすい窓であり扉であったと作者はいうのだろう。「幼い耳」と「ノブ」の関係のように、この作者とらえるイメージや幻覚には、断片でありながら強い手触りがある。二〇〇八年刊。

2024/9/11

秋暑し芋虫と羽くっついてたそがれの国のてふてふとなる

『青眼白眼』坂井修一

妙な歌である。その妙なところがなにか面白い。「芋虫と羽くっついて」とは蝶の姿のことなのだろう。蝶はよく歌にしているわたしだが、好きというわけではなく、触れるのは全く苦手というわたしにとっても、蝶はまさに芋虫と羽の合体と見える。とくに大きい揚羽蝶の類の芋虫の部分（お腹）が怖い。しかし、作者には蝶への嫌悪感はなさそうで、それが「たそがれの国のてふてふとなる」のを眺めているようだ。「てふてふ」とはむろん蝶々の旧仮名表記だが、では「たそがれの国」とはどこなのだろう。作者が想念を巡らしている夕暮れ時の空想圏のことか、あるいは旧仮名の蝶が舞う古びた〈歌の国〉のことであろうか。ともあれ、この下句のおっとりと優雅な言葉の味わいと、芋虫に羽をくっつけるという我儘な感覚とが結びついた独特な歌というべきだろう。思えば初句にすでに「秋暑し」とあった。たしかに近年の真夏のような秋を体験すると、秋の涼しさの風情など、もう過去の国のものなのかもしれない。二〇一七年刊。

2024/9/13

おお、おおと大桃を食べまんぞくの二歳のうしろ月がのぼりぬ

『南無　晩ごはん』池田はるみ

二歳の子が大きな桃を両手に抱えてかぶりついている情景がありありと見えてくる。子はさも「まんぞく」というように、時々「おお、おお」と声を発しながら集中して食べている。二歳となってはじめて桃ひとつを手に持って食べているのかもしれない。「おお、おお」、「大桃」にあるO音の重なりも豊かで、人間にかぎらず、生き物が物を食べるという至福感を、あらためて思い起こさせる歌だ。そして、桃にかぶりついている子の姿を見下ろしているものは、「月」である。おそらく煌煌と光る秋の満月だろう、「月がのぼりぬ」と動きを感じさせるところも、何か昔話のような時間の懐を感じさせて楽しい。この歌集にはタイトル通り〈食〉がたくさん歌われているが、「ゆふぐれの箸もつわれに聞こえくる『たれか居る？　たれも知らないこの世』」というように、それは〈食〉と「この世」の物語でもあるようだ。二〇一〇年刊。

2024/9/16

「つき」と呼ぶ言葉なくせし病床に下弦の繊月ひたと見てゐつ

『わらふ樹』高村典子

作者は四十歳の時クモ膜下出血に倒れ、その後遺症として失語症を患ったのだが、永い年月をかけ、驚異的な意志と努力をもってそれを克服したという。ここに歌われているのは、言葉を取り戻そうとする苦闘の日の一場面であろう。作者は「言葉による表現が何より好きだった」と「あとがき」に記しているが、またそこには、言葉を失うとはどういう状態なのかということも具体的に記されている。この一首では「つき」という一語を思い出そうとしながら「下弦の繊月をひたと」見つめているのだが、その姿は思い出すというより、言葉を生み出す苦悩にも見え、あらためて、人にとって言葉とは何なのかということを考えさせる。「失語症のかなしみ映す鏡かな地上に佇《た》つたび蒼空《そら》見てしまふ」という一首もあるが、「月」や「蒼空」を見上げるたびに、わたしはこの歌人を思い出す。作者は後年、クモ膜下出血の再発で死去。二〇〇八年刊。

2024/9/18

返事の来ない手紙を書きて出しにゆく赤きポストのある広場まで

『歩行者』三枝浩樹

「返事の来ない手紙」とは何だろう。いや、それは問うまでもないだろう。わたしたちは誰でも日々「返事の来ない手紙」を書きつづけているといえるからだ。生きるという時間の中で、返事の来るものなど無いということを、この歌は逆説的に思い出させてくれる。そして、「返事の来ない」遥かな何かに向かって「手紙」を書きつづけることこそ、生きることだと知らせてくれる。「赤いポスト」を見つけよう、そうして「広場」まで歩いて行こうと、読み手を静かに誘っているようだ。この「赤いポスト」の灯る「広場」はあたたかく、どこか西洋的な雰囲気の場所のようでもある。作者はキリスト者であるので、それを背後においてこの歌の象徴的な言葉を読むこともできるだろう。だがわたしの中には、もっと自由に、精神をかたどる言葉として、自然体で語りかけてくるのである。二〇〇〇年刊。

2024/9/20

穂すすきと薄茶献ずる月の宴女の齢は問はぬものにて

『みどりなりけり』築地正子

陰暦の八月十五夜か九月十三夜の月をめでる月見。陽暦の現在は九月と十月の満月の夜に、穂薄や団子を供えて月見をする。この歌では「穂すすきと薄茶」を月に供えているようだ。「献ずる」という言葉から格のあるたたずまいが浮かんでくるが、おそらく作者一人の月の宴であったのだろう。そうして月の光を一身に受けているうちに、月に「あなたはいくつになったのか」と問われた気がしたのだろう。思わず月と問答するように、「女の齢は問はぬものにて」と独り言が出たのだ。老女の気骨とユーモアの籠ったこの言葉は、読み手の心をも明るく開かせる。月との問答では「ふるさとにつなぎとむるは〈へその緒〉かはたたましひか月よ答へよ」という歌も心に残る。東京生まれの作者は、戦後、父母とともに父の生地の熊本に転居した。「ふるさと」とは何かと問う一生でもあったのだろうか。一九九七年刊。

2024/9/23

九月

ひと抱へかしこに置きてわすれたる穂芒は銀霊となりゐつ

『鷹の井戸』葛原妙子

穂芒は月への供え物として刈ってきたものであろう。「ひと抱へ」刈ってきた束を、月が出るまでの間「かしこ」に置いておき、そして忘れてしまったのである。しかしその少しの間に、「穂芒」は「銀霊」となっていたという。イネ科の多年草である芒は、秋の七草の尾花だが、その花穂ほど開く前と後とで印象が違うものも少ないだろう。開く前のしなしなとした柔らかい穂は、開いてほほけると一挙に膨れ、乾いた印象になる。葛原はそれを「銀霊」というのである。たしかに何かが起きたとしかいいようのない変わり方ではあるが、この「銀霊」という言葉には、まさしく人知の及ばない自然の霊力への畏敬が込められているだろう。そもそも月を仰ぐという行為にも、同じ畏れと憧憬が源にあるということを、葛原はたった一語で思い出させたといってもいい。穂芒の経験とともに忘れがたい一首である。一九七七年刊。

2024/9/25

鳳仙花の種で子どもを遊ばせて父はさびしい庭でしかない

『夜光』吉川宏志

鳳仙花の花は秋になると実り、その実は熟すと開裂して種を飛ばす。触るとパッと種が弾け飛ぶところからその名がついたとも聞く。子供の頃、種を飛ばすことが面白くてよく遊んだものだが、この歌でも「父」は「子ども」にそれを教えながら遊ばせているのだろう。そうして「父」は、この子にとって自分は「さびしい庭でしかない」と思っているのだ。その思いの対面にはむろん〈母〉という存在がある。血肉の熱でつながっているような母子の関係にはかなわないという思いが、「さびしい庭でしかない」という消極的な言葉になっているのだろう。この一首は、歌い出しの「鳳仙花の種」を巧みに「父」の象徴として歌いながら、その陰に隠されているのはいうまでもなく花と種のドラマである。鳳仙花の種を「父」とすれば、花は当然〈母〉である。華やかで色鮮やかなその花の後に、地面に飛び散る種。読者はそうした花と種の実相を想起させられながら、そこから一気に家と庭をめぐる母と父の役割へと思いを誘われるのである。二〇〇〇年刊。

2024/9/27

九月

木犀の香のふいにして空耳か呼ばれもせぬに返事してゐる

『そこへゆくまで』森川多佳子

秋の香りとして真っ先に思い浮かべるのが「木犀の香」であろう。九月の終わりの頃から十月にかけて必ずどこからか香ってくる。この歌でも「ふいにして」とあるので、香りが風に乗ってきたのだろう。しかしその香りへの不意の反応から、「空耳か」と音を感じとっていることがこの歌のユニークなところで、作者は人に呼ばれたような気がして思わず「返事」をしたという。「呼ばれもせぬに」とわざわざことわっているところにも、反応の鋭敏さが伝わってくる。透明な秋の空気の中では香も音も響きやすく、作者の心もまた過敏に反応して何かに「返事している」というのであろう。耳の感覚の鋭い歌では、「うすはねはもう破れたか濁点のつきたるやうなこほろぎのこゑ」という一首もある。これも秋の歌だが、「濁点」つきの音による季節のつかみ方に独特なものがある。二〇二三年刊。

2024/9/30

ホチキスよりぱちんと光るもの飛びて十月一日雲ひとつなし

『水仙の章』栗木京子

紙を綴じるのにホチキスを使っていると、「ぱちんと光るもの」が「飛んだ」という。空打ちして針が飛んだのかもしれないが、歌としては、紙を綴じた瞬間に何か「光るもの」が飛んだと読んだ方が面白い。日々なに気なく使いながら、思えばなかなか精妙な仕掛けの器具である。身辺の道具をつかって、この歌は鮮やかに秋の空へと飛翔する。「ホチキス」という言葉には弾むような音感があるが、つづいて「ぱちん」も音が跳ねている。「光るもの」とはその音をともなった爽快な気分といってもいいのかもしれない。たとえば、一つの文章を書きあげ、それをホチキスで綴じている時の気分は、まさしく「十月一日雲ひとつなし」であろう。「十月一日」という日付が秋の明るさに力を添えている。日や時を詠みこんだ歌には「ビル街を驟雨が洗ふ午後十時東京は少し若返りたり」もあり、ここでも時刻を入れることで見慣れた東京の夜景をさりげなく洗い直している。二〇一三年刊。

2024/10/2

十月

とり入れに人働けばいづくにも稲の香があり沈む日朱《あか》く

『木枯ののち』板宮清治

稲が実りをむかえて刈り入れる時の情景は、いわば日本の秋の象徴的風景であろう。少し前までは市街地の周囲にも残された稲田風景を目にすることができたが、近年はかなり遠くに行かないとこの歌の風景には出会えない。作者は岩手県金ヶ崎町で農業を生業としている。秋の収穫の時がきて、いっせいに稲のとり入れが始まると、「いづくにも稲の香」が充ちるのだという。その香しい風景の果てには秋の「沈む日」が「朱く」燃え、それを背にして「人」が働いている。まさに人と農と自然の関わりが見えわたるような歌である。現在の暮らしがそうした風景から隔てられていても、「稲の香」を郷愁のように記憶している人も多いだろう。

ところで、田植え、刈り入れという米作りの暦は、昔より一か月ほど早くなっているようだ。早い方が稲の開花期に台風の被害にあわずに済むという利点があるらしく、また農作業の機械化もそれを可能にしたのだろう。しかし、一か月早まったために、蛙や蜻蛉や燕などの生態系の暦が壊れてしまったことも、淋しいことではある。一九八九年刊。

2024/10/4

木の枡に米をはかりて月夜なり少しこぼれてゐる生米《なまごめ》の色

『家』河野裕子

「木の枡」など見たこともない、という人も今は多いのではないだろうか。枡という言葉から、一合枡、五合枡などの木枡の手触りがたちまち思い出された。農業に縁のある家に生まれ育ったためか、わたしの父母はどんなに少しでも米は必ず枡で計った。死ぬまでカップなどでは計らなかった。この歌の味わいには、米に対するそういう古風な手触りがある。戦後生まれの作者であることを思えば不思議でもある。一首は「木の枡に米をはかりて月夜なり」と、手元の動きから、即、大きく「月夜」に場面が切り替えられ、なにか物語めいてはじめられる。そしてその月夜の光の中に「こぼれてゐる生米の色」を見せるのである。この「月夜」と「生米の色」がつくりだす感触に、昔噺の気配があるのである。「生米の色」とは何色ともいえず、しかしその言葉には、米という日本人の食の原点が、なまなましく「月夜」の下に照らし出されているようだ。二〇〇〇年刊。

2024/10/7

十月

狗子草《ゑのころぐさ》の穂が街の灯に透けてゐるレコード屋のあつた角をまがると

『バックヤード』魚村晋太郎

この作者の歌を読みながら、アルゼンチンの作家ホルヘ・ルイス・ボルヘスの「言葉は、共有する記憶を表す記号なのです」という言葉を思い出した。それは、時間や空間の輪郭が薄い記憶や夢や、また未知のものへの想像力を刺激されるからだ。歌われている情景や人の意味は曖昧なようで、妙に読み手の感覚を目覚めさせる。その感じがなにか甘美なのである。この歌の「レコード屋のあつた角」も場所の意味は明らかではない。「あつた」とあるので今は無いわけだが、そこにはどんな記憶のレコードが廻っていたのか。そしてその「角をまがると」、「狗子草の穂が街の灯に透けてゐる」という。狗子草の穂、レコード屋、角など、細部は鮮明に見えてくるのに、全体の意味がぼやけているところが夢に似ているのである。ただ、こんな情景を見た記憶はあると思わせ、何かを暗示する。また「ひだまりを汲む井戸がある匿ってくれたあなたのちひさな庭に」という『伊勢物語』の筒井筒の歌を思わせる一首では、「あなたのちひさな庭」の「井戸」にわたしの記憶も眠っていたように、遥かな「ひだまり」が見えてくるのだ。二〇二一年刊。

2024/10/9

星の夜の冷ゆる厨にひとつづつひかる林檎を包みゐる妻

『月白』柏崎驍二

妻が「ひとつづつひかる林檎を包みゐる」と歌われている。紙で包んでいるのだろうか、何のために？　収穫作業なのか、あるいは誰かに贈るのかとも思うがはっきりとはわからない。だが、大切にあつかっていることは十分に感じられる。ひとつづつ、ひかる、つつむという言葉の流れもやさしい。そしてこの「ひかる林檎」は上句の「星」と響き合って、わたしになにか「星」を磨いているような錯覚をも覚えさせる。夜空には「星」があり、その光に「冷ゆる厨」で「ひかる林檎」を包んでいる妻――天空と地上をつなぐ情景を童話のように語るのである。柏崎は岩手県生まれ。同郷に宮沢賢治がいることを思い出しつつ、星や林檎に囲まれて静かにひかりを放つ妻の清潔なリリシズムに打たれるのである。一九九四年刊。

2024/10/11

十月

嫁がざる君をおもへばあめつちに秋白光のなだれゆくべし

『さびしき蛞蝓』喜多弘樹

「相聞雑歌」と題された中の一首。「嫁がざる君」とはどのような関りのある人なのかはわからないが、その「君」を思うと、「あめつちに秋白光のなだれゆくべし」と思慕の心を大きく歌い上げている。「あめつち（天地）」を引き入れた壮大なこの言葉は、何よりも作者の浪漫性の強さをあらわしているが、「秋白光」という言葉のためだろうか、そこからは熱量よりも清らかさがつよく伝わってくる。そしてこのイメージは、同時にひそかに思う「君」の涼しげな風貌や白い肢体をも読み手に思い浮かばせるだろう。一連には「某年晩秋の日に」と言葉を添えて、「ほのかにも温みをもてる白き肌この星空に湯浴みをなせり」という一首もある。「白き肌」「湯浴み」などエロスを含む言葉と「星空」の空間に流れる相聞の情は、この作者ならではのものであろう。二〇〇六年刊。

2024/10/14

人妻の美《は》しき日われは心飢ゆ黄落の森むごくにほひて

『断腸歌集』瀧澤　亘

「人妻」の美しく見える日は「心飢ゆ」という。単刀直入の率直な告白が胸を打つ一首である。「われ」のその心の飢えの激しさは、「黄落の森」が「むごく」匂い立つためと歌われている。木々の落葉が降り積もった森の匂いが、性的な欲望を刺激したのであろうか。病者ゆえの鋭敏な感覚というべきだろう。一九二五年生まれの作者は、結核のため三十代前半より療養生活を余儀なくされ、癒えることのないままに四十一歳で死去した。この歌は最晩年のものであるが、美しい人妻への渇仰も、黄落の森の匂いのむごさも、まだ若いいのちの瀬戸際を激しく、悲痛に揺すったのだろう。冒頭の「人妻」という、いうなれば通俗的な言葉が、かえって生きることへの執着の強さを思わせて切ない。また「ありなれて病めばこの日の夕映えにラジオの妻が夫《つま》を呼ぶ声」とも詠むように、「妻」という存在への憧れを歌いながら、独身のまま生涯を終えたのである。一九六六年刊。

2024/10/16

十月

ものの影濃き秋の苑いちまいの絵のごとくして時とまり見ゆ

『天意』桑原正紀

秋は、とくに中秋を過ぎると「ものの影」はぐっと濃く、深くなる。その日はよく晴れていたのであろう、「苑」の中を行く作者をふくめて、木草も椅子も、なべてのものは濃い影を地に引いている。その光と影のくっきりとした光景を、「時」の止まった「いちまいの絵」と作者は直観したのだろう。あたかも「秋の苑」と題した絵が見えてくるような歌だが、作者もまた絵の中の人物と化して静止しているのである。そのとき、生死という時間の縛りから解かれて、「天意」という言葉が作者の胸に落ちてきたのかもしれない。「散り敷ける落ち葉の上を車椅子押しゆけばをりをり小石を踏むも」という歌がつづく。「車椅子」とは永く介護をつづけてきた妻の姿であろう。車椅子の者も、歩行する者もひとしく秋の空の下にいて、「をりをり」踏む「小石」の音を聞いている。生きている時を密かに確かめるように。二〇一〇年刊。

2024/10/18

おほぞらに月と呼ばれるもののかげあの三輪山の背後をてらす

『ゴダールの悪夢』尾崎まゆみ

「あの三輪山の背後」とは、いうまでもなく山中智恵子の一首、「三輪山の背後より不可思議の月立てりはじめに月と呼びしひとはや」を指すのであろう。同じように三輪山の「月」を仰ぎながら、尾崎はそのとき、山中が歌った「月」を思っているのだ。山中の歌が、「はじめに月と呼びしひとはや」と言葉の始原を歌っているとすれば、尾崎はいわば、自身の詩想の源を思っているといえるだろう。「おほぞらに月と呼ばれるもののかげ」とあるように、そこに山中の感受した「不可思議」の「かげ」が見つめられているともいえる。歌に限らず、あらゆる詩想や表現にはすでに先蹤があるということをうべなえば、その先蹤の言葉やイメージを自在に重ね書きしてつくられるのが、尾崎の歌の世界ともいえるだろう。重ね書きするものは歌のみに限らない。「クリムトの描くユデット虹彩のすこし開いたところを覗く」と歌うように、ユダヤの村を敵から守った「旧約聖書外典」の処女ユデットもその中の一人である。二〇二二年刊。

2024/10/21

十月

死と生に断絶おかぬ芒らが水のごとくに月光を享く

『土と人と星』伊藤一彦

月の光を受けている芒群の情景をこのように詠む。月やその光に対して鋭敏な感受性と思想を持っている伊藤には、記憶に残る月の歌が数多くあるが、この一首もまた忘れがたい。作者は月光の中の「芒ら」の情景を見ながら、そこには「死と生に断絶」が無いことをあらためて直感したのであろう。生死の境界を意識するのは人間だけであって、芒にも月光にも死と生は一つらなりのものであるというのである。一、二句の思考の言葉は硬いようだが、その後では芒群を「芒ら」と人のようにとらえ、また月光の「水のごとくに」という比喩もやわらかい。自然の本然の姿をとらえたこの作者ならではのコスモロジーをそこに見ることができる。それにしても「水のごとくに月光を享く」という芒の光景は美しい。この歌の次には「空つぽの一升瓶を庭に出し一晩ぢゆうを月光呑ます」という一首がつづく。月光を口いっぱい詰めこんだ一升瓶とはまた、この作者の本然の姿でもあろう。二〇一五年刊。

2024/10/23

しづかにしづかにパトカーは来てアパートの孤独死が処理された秋の日

『Bankusia』古志　香

孤独死とは誰にも看取られず、知られずに死ぬことで、無縁死とも独居死ともいわれる。これは、戦後の核家族化の結果として、独居の高齢者が増えたことによるのだが、しかし孤独死はなにも高齢者に限ったことではない。血縁者や友人などがあっても生活上のかかわりをもたない暮らし方が多くなっている現代である。そして今日も、近くのアパートで誰かがひっそりと孤独死したらしく、パトカーが来ているという。「しづかにしづかに」というくり返しには、ひっそりと誰かが片づけられていくことへの傷ましさがあらわれているだろう。警察の手で「処理」されるのは、人の〈死〉ではなく、〈死体〉であるからだ。「処理」という言葉には、そういう苛酷な時代を見つめる作者の冷静な眼と痛みがある。そうして、四句五句の句またがりによるギクシャクしたリズムの中で、「秋の日」の静寂がいよいよあらわになってくるようだ。二〇二四年刊。

2024/10/25

十月

高速道路逆走をして死に至る老いの末路をなんといふべき

『鳥影』花山多佳子

近頃ときおり報じられる、高速道路を逆走する老人のニュース。高速道路への進入口を間違えた結果なのだが、驚くのはそのまま気づかずに何キロかを走ってしまうということである。危険この上ない状況に対処する余裕が無くなっているのか、それとも危険な状況を自覚していないのか。老齢運転の実態をまざまざと知らされるのだが、それ以上にこの歌には、老いの身体や心に潜む狂気のようなものを暗示している怖さがあるだろう。「死」へ向かって独善的に逆走して「高速道路」を突っ走るような心の「老いの末路」とは、わたしやあなた自身のことでもあると知らされるのだ。「老いの末路をなんといふべき」という嘆息には、そういう言いようのない暗い声が隠されているだろう。歌い出しの「高速道路逆走」という言葉から「なんといふべき」の結句まで、明確な言葉を一直線に走らせて、強い衝撃をもたらす一首である。二〇一九年刊。

2024/10/28

菊の花舗道にそひて咲きあふれかをれる垣の継ぎてあらはる

『卓上の灯』窪田空穂

この菊の花はおそらく小菊の花だろう、秋の季節の垣根などに色とりどりに咲きつづけて目を楽しませる。いかにも秋の深まりを感じさせる景色だが、歌でも「舗道にそひてあふれかをれる垣」とあるので、咲き匂う菊の群を歩きながら目にしているのだろう。「継ぎてあらはる」という言葉に、花垣がつづく穏やかな人の暮らしを喜ぶ目が感じられる。しかし、ここに歌われている景色は近年のものではない。「小石川台」と題がついた昭和二十三年秋のもので、戦後の復興がやっと緒につき始めたばかりの東京の風景である。次の歌には「焼跡に小き屋つくり菊の花多く咲かせてたのしめる人」と詠まれているので、まだ貧しく、小さい戦後の家並も想像できる。そして心を打たれるのは、そのような暮らしの中でも人は花を咲かせるということである。いやおそらく、乏しい日々であればなおさら人は花を求めるのだろう。秋の小菊はそういう暮らしに相応しい、いわば人とともに生きる花のようである。一九五五年刊。

2024/10/30

十月

菊の花ひでて香にたつものを食ふ死後のごとくに心あそびて

『開冬』佐藤佐太郎

菊の花びらをひでて酢などに合えて食べる菊膾は、香り高く、色彩も歯ざわりも風雅な秋の食べものである。作者はその菊膾を食べていたのだろうか。「香にたつもの」を味わいながら、「死後のごとくに心あそびて」と歌う。「死後」という言葉は、「菊の香はどこか沈んだところがあるから」と作者自身は言うが、口にした菊から「沈んだ」香を嗅ぐという鋭敏な感覚は、同時に「心あそびて」と、香の幽邃さに心を遊ばせてもいたのだろう。あるいは菊の露を飲んで不老不死になったという、あの「菊慈童」の物語なども思ったであろうか。ともあれ、虚実を超えた時空に作者の心はひととき漂ったのである。『開冬』は一九七五年の出版で、作者はこの時六十代後半。歌集の「後記」に「いはば冬の季節に入つたやうなもの」といい、また「開冬とは冬開く、新冬の意味である」と記す。「死後のごとくに心あそびて」とは、自身の「死」がつねに意識下にあればこその言葉であろう。一九七五年刊。

2024/11/1

川端《かはばた》康成のうすきみわろき目をおもふ落ち葉の天に舞ひあがるとき

『時のめぐりに』小池　光

作家川端康成の眼光の鋭さを記憶している人は多い。なにか鷲か鷹など鳥類の目を思わせるところがある。風貌の中でもひときわ忘れがたいその目を、「うすきみわろき目」と小池はいう。大づかみなこの言葉は、しかしさまざまなことを想像させるようだ。何処を、何を見ているのか、遠くのものか、見えないものをか、光か闇かなどというように。そしてその全てを含んでなお不明確な「うすきみわろき」なのだろう。さらにその目は、下句の「落ち葉の天に舞ひあがるとき」という場面と結びつけられて、垂直な動きが加えられている。落ちることと舞い上がることとが同時に起こる動きである。それは突如起こった竜巻の渦なのか、あるいは川端の虚と実を同時に感受する目のありようを示しているのか。小池はただ淡々と、川端の「うすきみわろき目」をなまなましく読者の中に残すのである。二〇〇四年刊。

2024/11/4

秋のいのちあふれて草の実をこぼす秋津の径はわがゆかねども

『鎮守』上田三四二

上田三四二の最晩年の歌で、いうまでもなく、もはや病床から立ち上がることができなくなっていた日のものである。季節は晩秋、かつて病身を携え歩いたあの「秋津の径」には、「秋のいのちあふれて草の実をこぼ」しているだろうと歌う。「わがゆかねども」といいつつ、もう行くことのできないその「径」に、草々が種をこぼしているところをありありと目に映している。それはいわば、自身の生命の終わった後の景色を見つめているといってもいいのだろう。「秋のいのちあふれて」という言葉の静かさが、ことさらのように胸に響いてくる。また病床の上田は、「目覚むれば病臥のわれをさしのぞくかぼそき朱のみづひきの花」などというように、水引やねこじゃらしや犬蓼など、野の草花たちと生命のやりとりをするような歌を多く詠んでいる。それは彼の最期のぎりぎりの日常から生みだされた、平明な、自我放念の生命の交流ともいえるだろうか。一九八九年刊。

2024/11/6

電車内トノサマバッタの跳ねていてほのぼのとなる立冬のこころ

『春の野に鏡を置けば』中川佐和子

乗っている電車の中をトノサマバッタが跳ねているという。市街地ではめったにないことであるが、次の歌には「車中にてわたしの手帖にとまりたり頭でっかちトノサマバッタ」とも歌われているので、作者は吃驚しながらも、久し振りの出会いに思わず心が弾んだのだろう。バッタは「わたしの手帖」を離れてから、しばらく「電車内」を跳ねていたらしく、作者の心を「ほのぼのと」させていたようだ。その中で、折から今日は「立冬」だと気づいたのだ。車内でも手帖を開いているような時間に追われる暮らしの中で、ただ一匹のトノサマバッタが知らしめた季節の移り。それは大きくいえば、人の社会を囲んでいる自然というものの気配に、ふと心が蘇ったということでもあろう。「立冬のこころ」とは、そういう生きることへの新鮮な気づき、と言い替えてもいいのだろう。二〇一三年刊。

2024/11/8

すたれたる体横たへ枇杷の木の古き落葉のごときかなしみ

『忘瓦亭の歌』宮　柊二

「すたれたる体横たへ」と自らを歌う作者は、この時まだ六十代の前半だが、身体の衰えを、さながら「枇杷の木の古き落葉のごとき」と感じて哀しんでいる。枇杷の木は大木になり、大きく厚い葉を繁らせ陽をさえぎるので、庭木として好まれないところもあるが、この葉を焼酎に漬けこんだエキスには、湿布薬としての効能があるとも聞く。枇杷は冬でも葉をあまり落とさないが、乾いて、がさりと地に伏せた落葉の姿に、作者は自身の老体を重ね見ているのだろう。さらにいえば、「すたれたる体横たへ」とは枇杷の大きな落葉の比喩としてもぴったりで、あるいは作者は、そこに同類の感情をもっていたのではないか。この歌の味わいの深さはそこにあるといえるだろう。この歌の後には「夜の湖《うみ》に霧湧くさまを窓に見て今年の枇杷の実をまほるなり」と、枇杷の実を貪り食べている歌もあり、葉といわず、実といわず、枇杷には親しみをもっているようだ。一九七八年刊。

2024/11/11

ふるさとは秋ふかむころ屋敷木の標顔《しるべがほ》なる松も老いしか

『あめつちの哀歌』高尾文子

「ふるさと」から遠く離れて暮らしている作者なのだろう、「ふるさとは秋ふかむころ」という言葉が理屈ぬきに故郷への思いの深さを伝えている。その思いの中に浮かんでくるのは、「屋敷木」の「松」の姿であるが、「標顔」とあるので生家を象徴する木なのだろう。「松も老いしか」という言葉には、自身の老いがひそかに重ねられていることも確かだ。しかしそのふるさとへの思いは、なによりも「屋敷木」の「松」という映像によっていっそう鮮やかになっているようだ。つまり郷愁という風景が、一つの映像をもつことによって、はじめてくっきりと定着しているのである。映像といえばまた「うら若き父母と並べる四人姉妹の家族写真の中の昭和史」という歌もある。「写真」というメディアの再現能力に触れた歌だが、ここでもやはり、作者の生きてきた時間や時代を、紙のうえに刻印された一カットが蘇らせている。二〇二〇年刊。

2024/11/13

蟻に水やさしくかけている秋の真顔がわたしに似ている子供

『青い舌』山崎聡子

子供が「蟻に水」をかけている。殺そうとしているのだろうか。いや死ぬということは、幼くてまだわかっていないのかもしれない。「やさしく」とあるが、「真顔」ともあるので、いっしんにしている行為なのだろう。その「真顔」を「わたしに似ている」と見ているのは母親だが、このとき母親の中では時間の枠組みが曖昧になっているのだろう。そのように子供の仕草や表情の中に、ふっと自分の意識が入り込んでしまう。この母親にとって、子供を生み、育てるということはそんな体験のようである。しかもその体験は現世的な領域にとどまらず、過去世ともつながっていく。真と嘘と、現実と幻と、その振幅の中に作者の生の意識はあるらしい。そしてまた「にせものの車に乗ってほんものの子供とゆけり冬のゴーカート場」とも歌う。「にせもの」と「ほんもの」が遊びのように入り混じる「ゴーカート場」に、母親と子供はいつも二人きりだ。父親の影は見えない。二〇二一年刊。

2024/11/15

ラ・フランス一顆掌にして帰らむに雨雲裂けてそこよりの光

『岸辺』佐藤通雅

ラ・フランスはフランス原産の洋梨ということだが、たしかに紡錘形の形からも、緑がかった色からも西洋の匂いが濃い果実である。秋の深まりとともに甘みを増し、店頭に並ぶ。この一首では、買ったものか貰ったものか、「ラ・フランス」を一つ掌にして帰ってくると、空の「雨雲裂けて」そこからひとすじの「光」が差してきたという。ラ・フランスと天候との間に現実的なかかわりがあるのではなく、また帰途の情景を単純に言葉にしているようにも見えながら、しかし、この一首にはなにか緊張した、厳かな、つまり精神的なドラマがまぎれなくあるだろう。「ラ・フランス」と「光」とが啓示的に響き合う西洋画の趣をそこに感じさせ、わたしはふっと梶井基次郎の小説の檸檬と画集の光景を想起したりする。また「岸辺にはなにか聖書の感じあり帽とり額に水の光当つ」という一首があり、ここにも「光」とそれを「額」に受ける作者がいる。この「聖書の感じ」のする神話的「岸辺」もまた、作者の精神風景の一つなのだろう。二〇二二年刊。

2024/11/18

白鳥の飛来地をいくつ隠したる東北のやはらかき肉体は

『ひたかみ』大口玲子

歌集名の「ひたかみ」は「日高見」、古代の蝦夷地の一部である北上川の下流の地にあった「日高見国」のことであろう。大口は東京生まれだが、結婚後に東北に住むことになり、新たに体験するその地をういういしい感覚をもって歌いはじめる。たとえば「ひたかみと唇《くち》ふるはせて呼べばまだ誰にも領されぬ大地見ゆ」と歌うように、自身の「唇ふるはせて」呼ぶことによって、未知の地の霊を目覚ませるのである。掲出歌では、「白鳥の飛来地」という言葉で、土地と白鳥が結びつく豊かなイメージを呼び起こしながら、その地をあたかも生きている肉体のように息づかせる。さらに「隠したる」という擬人化した言葉は、いまだ踏み入れられない「東北」の地の、伝説的、神話的なイメージをも浮上させているだろう。それは古代的感覚でありながら、また意表をつくように新しい。二〇〇五年刊。

2024/11/20

ハロー　夜。ハロー　静かな霜柱。ハロー　カップヌードルの海老たち。

『手紙魔まみ、夏の引っ越し（ウサギ連れ）』穂村　弘

体に空いた大きな穴のような孤独感を、あくまでもほがらかに、明るく歌う。穂村弘の歌にはそんな感じがある。この歌にしても、第一声の「ハロー」という挨拶からして、あっけらかんと異様に明るい響きだ。しかも三回も繰り返され、「ハロー」と繰り返されるたびに、読み手の方にはいよいよ淋しさが増してくるようだ。おそらくそれが言葉の逆説的効果なのだろう。挨拶の対象は「夜」と「静かな霜柱」と「カップヌードルの海老たち」というように、しだいに大きなものから微小なものへ、抽象的なものから具体的なものへと変化していく。ただし、挨拶の対象にはヒトが欠けている。なかでもユニークなのは「カップヌードルの海老たち」への挨拶であるが、その干からびた、小さな、赤い海老へのいとしみには、自閉的な、しかし遊びのように自由な愛の交流がほのみえているだろう。この一首、従来の歌からは言葉も姿も鮮やかに遠い異種のように見えて、しかししらべの上では完全に歌である。二〇〇一年刊。

2024/11/22

十一月

数珠玉の草の末枯れに数珠玉が種子のまつぶさ遂げんとすらし

『種子のまつぶさ』佐波洋子

歌集名になっている歌である。数珠玉は秋のはじめに花をつけ、その後硬い骨質の実をむすぶが、それが数珠に似ているところからこの名がある。幼い時この数珠のような実で遊んだ経験があるが、歌の中でも「数珠玉の草の末枯れに数珠玉が」と言葉を転がすように繰りかえして、童唄のような懐かしさを感じさせる。この言葉のしらべでまず記憶させてしまう歌だろう。下句ではその言葉を巧みに転回してゆく。「まつぶさ」とは完全に整い、そなわっているさまという意味だが、数珠玉の種子が己の「まつぶさ」を完成させようとしているということだろうか。むろんそれは自身の生きる姿に重なっているのだろう。この歌集の「あとがき」には、永い闘病の夫を亡くした後の「空漠たる日々は別の時間への入り口を探る日々」であったと記されている。「まつぶさ遂げん」とは、明日に向けての作者の心中の思いであるのだろう。二〇二三年刊。

2024/11/25

ヴァージニア・ウルフ　鱗の手触りをずっとおぼえているから冬だ

『ヘクタール』大森静佳

二十世紀のイギリスの作家ヴァージニア・ウルフを読んでいた時期があるので、この歌は出会った時から気になっていた。作家の名前を初句に据え、一字開けて「鱗の手触りをずっとおぼえている」という言葉がつづく。「鱗の手触り」というひんやりとした尖る触感は、ウルフの文学へのものか、ウルフの人生か、人そのものを指すものか。大摑みにとらえた言葉ながら、妙に強く記憶に残る。気鬱の体質を生きたウルフだが、小説、評論、出版業など多くの仕事をこなし、六十歳を過ぎたある日、水死自殺を遂げた。季節は四月であったが、死体は数週間発見されなかったという。そんな知識が、「鱗の手触り」や「冬」というウルフへの解釈を納得させるのかもしれない。この歌は、おそらくヴァージニア・ウルフという白銀の光のような存在へのオマージュであり、ウルフから大森へと流れる意識を感じれば、それでいいのだろう。二〇二二年刊。

2024/11/27

大いなるあけびを貰うこうしてにんげんわらってゆくのだな

『火ダルマ』高瀬一誌

あけびの実は、秋に薄紫色に熟して縦に割れ、白く半透明のほのかに甘い果肉をのぞかせる。あけびは「開け実」の意味ということだが、口を開けたその形が笑い顔に見えるとはよくいわれることだ。この歌でも、「大いなるあけび」を眺めつつ、その笑うような姿から、「こうしてにんげんわらっていくのだな」と、人の生き様へと思惟をすべらせていく。字足らずの文体や、結句の「だな」という口調は、この作者独特のもの。字足らずとともにしだいに定型を壊していくのだが、その文体自体が反骨とダンディズムの詩精神そのものなのだろう。といっても歌は堅苦しいものではなく、日常の猥雑さも大いに楽しませてくれる。たとえば灰となった自身の姿を想像して、「掃きよせられているらしい死後の世界は軽くて楽だ」と詠む。落葉掃きの情景のようにさりげなく、磊落に、死後の自分の身体感を体験しているようだ。作者の晩年は永く苦しい闘病生活であったと聞く。自身の死を見据えての歌が歌集にはあふれている。二〇〇二年刊の遺歌集。

2024/11/29

風に咲く石蕗《つはぶき》見ればわがうちにひよこのやうな黄の色ともる

『水仙の章』栗木京子

初冬の陽に石蕗の花が咲いている。「風に咲く」とあるので、花茎が冬の風に揺れていたのだろう。それを見ているうちに、「わがうちにひよこのやうな黄の色ともる」と歌われている。「見れば」とあるので、石蕗の花との関係性は強く、作者はこのとき心が沈んでいたのかもしれない。それが石蕗の花によって黄色に灯ったというのである。眼前の景色から心が現れるという形の歌であるが、なんといっても「ひよこのやうな」という比喩に魅力がある。明るく、温かく、ふわふわとしていて、優しいというように、色ばかりでなく、温度や触感など多くのものを感じとらせ、まさしく心に「ひよこ」が灯ってくるのである。歌集の「あとがき」には、大震災の被災地に咲いていた水仙を「小さなともしび」のように見たことが記されているが、この歌の「石蕗」の景色にも同じ思いが寄せられているだろう。二〇一三年刊。

2024/12/2

十二月

ざくりと踏む霜の柱の音を聴く母とわかれし日に聴きし音

『朝の水』春日井建

春日井建の最後の歌集『朝の水』の巻末近くに置かれた一首。すなわち死に近々と接している日の歌である。「ざくりと踏む」という六音の重い響きの歌い出しが、まず胸に迫る。「ざくり」とは霜柱を踏む音であるが、「音」とともに「霜の柱」が壊れていく感触も読者になまなましく感じとらせる。春日井にとって、それはまさしく生死の境を踏む音であっただろう。そしてそれは、最愛の「母とわかれし日」にも聴いた音であったという。「音を聴く」「聴きし音」と上句と下句に「音」の記憶をリフレインさせながら、しだいに死を手なずけていくようである。また、癌の治療で毛髪を失った自身を、「スキンヘッドに泣き笑ひする母が見ゆ笑へ常若《とこわか》の子の遊びゆゑ」と歌う。この時すでに「母」は亡くなっていたが、母にとっての「常若の子」である自身の「スキンヘッド」を、変身の「遊び」ととらえ、ともに「笑へ」と歌うのである。病を、あるいは運命を、自然体で受容する精神力、そしてその矜持。ここに春日井建がいる。二〇〇四年刊。

2024/12/4

万物は冬に雪崩れてゆくがよい追憶にのみいまはいるのだ

『夕暮』福島泰樹

冬という季節は陰暦では立冬から立春までの三か月、一年のもっとも寒い時期である。冬＝ふゆという言葉にはいろいろな意味があるようだが、その一つに「殖ゆ」というのがあり、自然界のものが春にそなえて力を蓄え、殖やす季節と考えられたらしい。この歌の「万物は冬に雪崩れてゆくがいい」という叫びは、万物よ、一度は滅びに向かって突き進むがいいという「冬」の力に対する心の逆りだろう。自然界も季節の運行も自身の内に呼び込み、渦のように声を発する、その大らかな言葉の活力は福島泰樹ならではのものだ。

かつて、福島泰樹の絶叫コンサートを聴きにいったことがある。ピアノの演奏とともに熱唱される歌は、肉声によって形を得たように立ち上がり、とくに中原中也への挽歌は美しかった。亡きものへ寄り添う心は、この歌にも「追憶にのみいまはいるのだ」と歌われている。福島の歌は、死者のみならず、この世を生きる「万物」に向かって、名を呼び、触れ、鎮魂する。歌という形式がもつ力を信じて、放つのである。一九八一年刊。

2024/12/6

スタンプを押されることをまぬかれた切手のやうに生きてゐた冬

『羚羊譚』　山田富士郎

初句から四句までの比喩が、結句の「生きてゐた冬」にかかっている一首。長い比喩の伝える内容で成り立っている歌といっていい。この「スタンプ」は「切手」に押す消印だと思うが、「押されることをまぬかれた」とあるので、郵便局の人の手から危うく漏れた無傷の「切手」があり、その切手に自身の冬の日をかぶせているのである。「生きてゐた」と過去形なので、昔の回想なのか、この一年のことなのか、どちらともとれる。ともあれユニークな巧みな比喩で、直喩のような暗喩というべきだろうか。長々しいにもかかわらず言葉が胸に落ちるのは、「スタンプを押され」たように生きていると感じる人が多いということだろう。しかしこの歌での意味はもう少し微妙なようで、作者自身の生き方への諧謔もそこには滲んでいるようだ。作者は新潟の地から歌を詠む寡作、寡黙な歌人である。歌集名にある「羚羊」の一種のニホンカモシカは、古名をカマシシと呼ばれて日本の山地の森林に棲むが、いまや生息数が減って天然記念物であるという。二〇〇〇年刊。

2024/12/9

百頭の馬の蹄《ひづめ》の鳴る夜半のそこより展く麦立つ冬野

『彗星紀』前川佐重郎

麦は、おおむね秋の終わり頃に種を撒き、冬を越して初夏に実りを迎える植物である。この歌では、「百頭の馬の蹄の鳴る」轟きが、青々と芽吹いた「麦立つ冬野」を展いていくという。むろん「百頭の馬の蹄」は駆けているものであろう。とすると、この蹄の轟きは冬の到来を告げる音でもあろうか。浪漫性のある詩的なそのイメージは、馬の轟きとともに、麦の緑色をも鮮やかに目に浮かばせながら、屹立する冬の心を、「麦立つ冬野」へと誘うのである。湿り気のある情緒や情感ではなく、シャープな比喩によって言葉を際立たせる力は、現代詩人でもある証といえようか。同じ「冬の蹄」の一連には「吊るさるる鮟鱇の目の見開けばすなはち蒼き冬の夕暮」という歌もある。ここでは「鮟鱇の目」のぎろりとした感触に、短歌的定形句である「秋の夕暮」を飛び越えて、あえて不協和音も辞さない「冬の夕暮」の美をつくり出しているようだ。一九九七年刊。

2024/12/11

そのうちに百鬼夜行に入りゆかむ罅のいりたるみづ壺われは

『草の譜』黒木三千代

百鬼夜行とは、さまざまな妖怪や鬼たちが深夜行列をなして徘徊することだが、煤払いなどの大掃除の日に人間に捨てられた恨みから、古道具たちも妖怪に変化して夜行するといわれている。この歌では、「われ」を「罅のいりたるみづ壺」と喩えている。たしかに罅の入った水壺はお払い箱になるしかないが、いうまでもなくこれは自身の老体の譬えであろう。人の身体は六〇パーセントが水分であれば「みづ壺」に違いなく、また「罅のいりたる」とはあちこちの身体の栓がゆるんできたということだろう。可笑しく、哀しく、諧謔的な自画像である。一つ前の歌には「壺などはもっとも怪しく忘られてありしがつひに百鬼夜行す」とあり、忘れられていると妖怪になり果てるという経緯が歌われている。壺のことのような、人間（女?）のことのような歌には「へんげ」というタイトルがついていて、掲出歌の前には「齢をとることはさびしくいぶかしい」と詞書きもついている。「さびしくいぶかしい」老いは、男も女も同じであろうが、この歌はやはり女の歌だろう。二〇二四年刊。

2024/12/13

さうですと媼の答へさやかなり日向ぼこかと道にし問ふに

『枇杷の花』玉城　徹

問いと答えが逆順となっているが、一首の興趣はほとんど上句にあるといっていい。それにしても、「さうです」という言葉からはじまる歌も少ないだろう。その端的な歌い出しにまず心惹かれる。歌の場面はよく晴れた冬の日の、散歩の途中の道であろう。出会った「媼」に「日向ぼこか」と問うと、「さうです」と「さやか」に答えたという。そのやりとりが歌われているだけなのだが、いってみればここには一つの世界がある。作者は媼の答えの中に、冬陽の中で「日向ぼこ」することの他に、どんな幸福がこの世にあるかという声を聞きとり、そうして同感したのであろう。人が生きるというのは、おそらくそんな単純なことなのだとこの歌は告げている。

それにしても、この媼のように陽のあたる道端に座って、あるいは街角の椅子に腰かけて、老い人たちはよく飽きずに外を眺めている。むろん老人とは限らないが、時間に追われていない人の楽しみではあろう。世の中の動きから外れたところに別の蜜のひとときがある。「さやかなり」とはそういう世界への讃歌であろう。二〇〇四年刊。

2024/12/16

けさ庭をよぎりし雪よ、洗ひ場の束子《たはし》の毳《けば》のうへに積りて

『椽と石垣』大辻隆弘

一つの情景が鮮やかに目に浮かんでくる一首。詠まれているのは、いささかの雪が降った後の朝の景色だが、「庭をよぎりし雪」という言葉で、時間の経過や、降雪の量などを簡潔に伝えている。さらに「雪よ」の「よ」によって、そこに作者の情感が籠っていることも知らせている。それを受けて三句以降は、雪の通り過ぎていった景色を映像として見せていて、ここも言葉に余分がない。つまり、「洗ひ場」「束子」「毳」など場や物を指す言葉を置いているのみであるのに、一つのまとまった情景が見え、「毳」の上の「雪」の色まで感じさせている。それは逆説的にいえば、たんに景だけを映しとって余計な思い入れの言葉がないからなのだろう。それゆえにこの情景は象徴的風景ともなりうるのである。「雪」を映像化された時間の比喩とすれば、「洗ひ場」は人間の生きる景色として見えてくる。あるいは、人の生きる景色に少しの痕跡を残しつつ、すべての時は過ぎていくという思いが見え隠れする。風景詠の深さといえるだろう。二〇二四年刊。

2024/12/18

冬至粥小豆ぽっぽっと膨らんで内なる鬼を追い払う色

『海山に聴く』下村道子

冬至粥とは文字通り冬至に食べる小豆粥のことで、小豆の赤い色が疫鬼を払うとされている。冬至の日に南瓜を食べたり、柚子湯に入ったりする風習と同じで、本格的な冬の寒さに向かっての健康維持を祈ってのことである。この歌でも小豆粥を炊いているのだろう。粥の中に膨らんでくる小豆の「ぽっぽっと」という言葉が明るくて楽しい。豆にはもともとその言葉の音から「魔を滅する」力のある縁起の良い食物とされてきたが、なかでも小豆はその色や味から、心を弾ませるものであるようだ。「鬼を追い払う」力とともに、おいしい食べ物であったのである。歌の中の「内なる鬼」とは、この作者の内面に潜ませている「鬼」ということだろうか。節分の大豆が外なる鬼を払い、冬至粥の小豆が内なる鬼を払うという見立てのようで面白い。また「山椒のすりこぎの音やさしくて冬に入る日はとろろ汁なり」という歌もあり、一人暮らしの作者のつくる料理は郷愁をさそう懐かしいものが多い。二〇一九年刊。　2024/12/20

ふる雪に光りふるひるゐるまんじゆしやげそれはあそびに遠きひとむら

『珊瑚数珠』森岡貞香

『珊瑚数珠』の巻頭に置かれた一首である。「雪」と「光り」と「遠き」の他はひらかなで書かれたこの一首は、歌をつくりはじめた頃のわたしの目にひどく鮮烈に映ったことを覚えている。曼殊沙華は周知のように、秋の彼岸頃に赤い美しい花を咲かせ、その花が萎れた後に濃緑の細長い葉を繁らせる。ゆえに冬の「まんじゆしやげ」とは葉叢のことである。その葉叢が「ふる雪に光りふるひるゐる」という。雪を受けて葉叢が光りつつふるえている情景だろう。それを見つつ「あそびに遠きひとむら」と思っているのである。難しいのは「あそびに遠き」の意味だが、降ってくる雪を受けては光りを返す葉叢の、一心の、ひたすらの姿、ということは一応できるだろう。しかしおそらくそれでは足りない。次の歌に「雪かむり尤もうつくしきものに言ふこの庭に見えかくれするのは誰」とあるように、作者の目は情景の中に潜む何か見えないものの気配をとらえているのである。何かとは過去の時間か、死者か、あるいは宿命だろうか。ともあれ、風景というものに不可視の影が潜んでいることを、はっきりと認識させられた歌であった。一九七七年刊。

2024/12/23

独り家《や》に独り餅つく母はゐてわっしよいわっしよいこの世が白し

『太陽の壺』川野里子

独り暮らしの母を娘は気にかけている。母は気丈に独りで正月用の「餅」をついているという。餅つきといえば、昔は家族ぐるみの一大イベントであった。だが、この半世紀、家族の形態も大きく変わったが、餅つきの方法もまた変わった。いまや餅はスーパーマーケットでいつでも買えるものとなり、また家庭用の餅つき機なども あるので、「独り家」の「母」も「独り餅」をつく楽しみはできるのである。といっても淋しさはぬぐいがたく、離れ住む娘は遠くから「わっしよいわっしよい」と掛け声をかけているのだろう。いまの時代の家族の形と、暮らしの中の行事の在り方を見据えた「わっしよいわっしよい」の明るさと、もの哀しさ。作者はそれをまた、「この世が白し」と別の言葉であらわしているが、この「白し」という多義性のある表現がみごとにはまっているようだ。自由なのか不自由なのか、便利なのか不便なのか、そんな現代という時代を「白」という色で見せているのである。二〇〇二年刊。

2024/12/25

十二月

雪降りしきる明けがた　旅行者のわたくしを起こしたのは湖底寺院の鐘か

『蓬《ノヤ》』松平修文

長い一首である。散文的な文体は歌の定形からはみ出しているようで、しかしなんとなくリズムの中に収まってもいる。文体もさることながら、一首の中身も独特である。すなわち、雪の朝、「旅行者のわたくし」を「湖底寺院の鐘」が起こしたのだという。「湖底」という言葉がなければ何の不思議もない歌だが、この「湖底」の一語が一首の景色を非現実へとガラリと変える。現実的な想像をすれば、作者は湖のほとりの宿に泊まっていたのかもしれず、また降りしきる「雪」が時間空間の感覚を狂わせたのかもしれない。だがそう思いながらも、読者は「旅行者のわたくし」の方が幻覚であって「湖底寺院の鐘」の方が実体であるような、この世とあの世とが逆転する錯覚の眩暈に襲われるのである。幻想空間に引き入れる手並みは鮮やかという他はないだろう。眩暈といえば、この作者の初期の一首に「水につばき椿にみづのうすあかり死にたくあらばかかるゆふぐれ（『水村』）」というのがあり、わたしはすでにここで、水と椿が反転する「うすあかり」の世界に眩暈を感じたのであった。二〇〇七年刊。

2024/12/27

一年の心洗うと酒酌まん今年別れし人をかぞえて

『呑牛』佐佐木幸綱

佐佐木幸綱には、酒席や酒器をふくめて魅力的な酒の歌が数多くあるが、この歌を今年の最後の一首に選んだのは、これがちょうど四半世紀ほど前の今日、十二月三十日につくられたものだからである。『呑牛』は一年間、元旦から大晦日まで、毎日少なくとも一首の歌を詠むことを自らに課してつくり上げた歌集である。そこには自ずと作者を囲む時事や日常のさまざまがとり込まれ、その活力で歌集全体が躍動的になる。この酒の歌とともに置かれているのは「寒鰤の鰤の腹身に似合うべし唐津に若き大葉を置くも」という肴の歌だが、どちらも心情が明快な言葉と韻律の中に歌われていて、まことに心地よい。酒を酌みつつ一年を振り返り、今年別れた死者を偲ぶというのは年越しの歌の定形のようなものだが、その定形を真正面に歌う、いわばハレの歌の豊かさがここにはある。そしてまた、この作者ほどハレの歌が似合う歌人もいないだろう。短歌が〈私〉を中心に据えて歌い、読まれるようになって以来、歌は〈ケ〉の性質が強くなったといえそうだが、あるいは〈ハレ〉の歌こそ歌人の証なのかもしれないと、「日々のクオリア」の最後に佐佐木幸綱の歌を掲げつつ思ったことである。一九九八年刊。　2024/12/30

十二月

あとがき

短詩形文学は世界を短く切り取って成立するものですが、その短さゆえに意想外に広い展望をもたらすことがあります。短歌の、とりわけ一首の鑑賞は、切り取る際の工夫や発見に心をつかいながら、それが広く響きあう場所を照らしだすものといってもいいのでしょう。

昨年、砂子屋書房の「日々のクオリア」という企画に参加して、思いがけずその試みをすることになりました。一年間、二〇二四年の一月一日から十二月三十日まで、隔日ごとに一週間に三首というペースで、計一五七首と向き合うことになりました。

一年を通したテーマを大まかに「季節」と定め、書架からさまざまな歌集をひっぱり出し、あるいは新着歌集のページをひらいて歌を拾いあげ、また永く自身の記憶に残っている忘れがたい一首のありかを捜し出だすという日々でした。その仕事はなかなか手間のかかることでしたが、意外な一首にめぐり合う楽しみも多く、また失われた季節が戻ってくることも新鮮でした。と同時に、近ごろの歌には移り変わる季節の景色や、季節の中で暮らす思いが希薄であることもあらためて実感しました。現代の歌が何を喪っているのかを、期せずして知ることにもなったのです。

ここに取り上げた一首を通して、ごくごく短い物語を編むような不思議な経験をしました。それは心の弾む楽しい時間でもありました。この集を手に取ってくださった読者に、その一端でも伝わることを願うばかりです。

二〇二五年一月一七日

日高堯子

ヤ行

ワ行

サ行

タ行

ナ行

ハ行

マ行

人名索引（五十音順）

うたの歳時記──季節を暮らす

2025年 3 月21日　初版発行

著　者　日　高　堯　子
発行者　田　村　雅　之
印刷所　長野印刷商工㈱
製本所　渋 谷 文 泉 閣

発行所　東京都千代田区 内神田3-4-7　砂子屋書房